桜が散っても

森沢明夫
Akio Morisawa

幻冬舎

桜が散っても

装画　丹地陽子
装丁　bookwall

目次

プロローグ　辻村宏樹　5
第一章　山川忠彦　15
第二章　山川忠彦　41
第三章　松下麻美　115
第四章　松下里奈　175
第五章　松下建斗　205
エピローグ　松下春菜　325

プロローグ

辻村宏樹

深夜の二時をまわった山深い寒村は、「春の嵐」に晒《さら》されていた。

「いやぁ、参ったな、こりゃ……」

村で唯一の「駐在さん」である私＝辻村宏樹《つじむらひろき》巡査部長は、パトカーのステアリングを握りながらひとりごちた。

バシャバシャとフロントガラスを叩く豪雨。

車体を横揺れさせるほどの烈風。

ヘッドライトをつけ、ワイパーをフル稼働させているのに、二〇メートル先すら見通せないほどの荒れ模様だ。しかも、私がいまパトカーを走らせているのは、山あいの細道である。道はくねくねと蛇のように曲がるのに、カーブミラーは豪雨で視認できず、街灯すら無い。最近、老眼が進んだせいか、夜目も利かなくなってきている。

通報を受けての出動だから、なるべく早く「現場」に到着したいという気持ちはあるのだが、いかんせんこの荒天だ。下手《へた》にスピードを出して事故でも起こそうものなら、それこそ最悪の事態となってしまう。

慌てるな。落ち着け——。

私は、自分に言い聞かせながら、安全運転ぎりぎりの範囲でパトカーを飛ばした。

しばらくすると、対向車とすれ違うために幅員が広げられた場所が見えてきた。

「よし。とりあえず、ここに停車して……と」

私はパトカーを路肩に寄せ、エンジンを止めた。

エンジン音が消えると、パトカーの屋根を叩く激しい雨音が車内に満ちた。

レインウエアは、あらかじめ駐在所を出る前に着ておいた。私はそのフードをかぶり、あごひもをしっかりと結んだ。そして、助手席に置いておいた懐中電灯を手にして「ふう」と息を吐く。

「んじゃ、行きますか……」

自分の背中を押すためにつぶやいた。

運転席のドアを開けて、素早く嵐のなかへ飛び出し、急いでドアを閉めた。ドアをロックし、キーをポケットにしまう。

バラバラバラバラバラバラバラバラバラ……。

大粒の雨がレインウエアのフードを叩く。

その音がフードのなかで反響してうるさい。

私は懐中電灯の光を頼りに細道の奥へと歩き出した。

時折、突風にあおられた雨滴が顔を打つ。まともに目を開けていられないほどの雨だ。それでも通報のあった現場へ向けて、一歩一歩、足を運んでいくしかない。

周囲にそそり立つ黒い山々は、嵐に呼応するように、ごう、ごう、と吼《ほ》えていた。道路の右手の急斜面からは、茶色く濁った雨水が滝のように流れてくる。私は、その斜面が崩れるのではないかと、ひやひやしながら前進を続けた。

そのまま少し歩くと、豪雨に霞《かす》んだ道路の先に人影のようなものが見えた。その影の方から「駐在さーん」と声がした。

声の主は、私に電話をかけてきた通報者——村の青年、羽生啓介《はにゅうけいすけ》に違いなかった。

私は「おう」と応えて、歩みを速めた。

啓介は、この嵐のなか、必死に傘をさしているのだが、すでに骨が二本も折れていた。

「啓介、おめえ、首から下がびしょ濡れじゃねえか」

「いや、参りました。遠くにパトカーのライトがチラッと見えたんで、急いで車から降りてきたんですけど、あっという間にこのザマですよ」

「車は？」

「神社の鳥居の前に停めてあります。ってか、そんなことより駐在さん、こっちです」

言いながら踵《きびす》を返した啓介は、私を急《せ》き立てるように先に歩き出した。

「お、おう」

と答えた私は、啓介の後ろから懐中電灯で路面を照らしてやりながら付いていく。

すぐに神社の鳥居が見えてきた。鳥居の前には、啓介の軽トラが停まっていた。その脇を通り越してさらに少し歩いたとき、

「ああ――、駐在さん、ほら……、あれ。あそこです」

啓介は十五メートルほど前方の道端を指差した。

「ん、どこだ……？」

私は、その方向に懐中電灯の光を当ててみた。そして、
あっ……、
と胸裏で声を上げた。

懐中電灯の黄色い光のなかに、ずぶ濡れの塊が転がっていたのだ。

私は無意識に足を止めていた。

その塊は、どう見ても人間だった。

海老のように身体《からだ》を丸めて、黒いアスファルトの上に横たわっている。

「ちゅ、駐在さん」

「ん——」

「俺、まだ、怖くて、ちゃんとは見てないんですけど——」

「…………」

「あれ、やっぱ、人間ですよね」

言いながら啓介が身体を寄せてくる。

「だろうな」

「死んで、ますよね……」

三月の深夜に、激しい冷雨のなかで倒れているのだ。当然、死んでいる——ように見える。

しかし私は、啓介の問いかけには答えず、ひとつ深呼吸をした。そして、塊を見据えたまま
「行くぞ」と声を出した。自分を鼓舞するために。

私たちは横並びになって、一歩一歩、塊との距離を確かめるように歩み寄っていった。

丸まって見えたのは「背中」だった。

やはり人間か——、性別は男だ。

グレーのジャンパーが雨に濡れて黒く変色している。

下半身にはジーンズを穿《は》いていた。

足には、紺色の長靴――、つまり、この遺体は、雨が降り出してから出かけたのだろう。雨対策をしているということは、自殺という線はなさそうだ。

次に確認できたのは、白髪まじりの後頭部だった。

その遺体は、あまりにもびしょ濡れで、まるで輪郭が黒い雨に溶け出しつつある腐乱死体のようにも見えた。

「や、やっぱり、人間ですよ……」

啓介は、私の背後に隠れるようにして言った。

「ああ……。でも、いったい――」

私が、誰なんだ、と言う前に、啓介の震える唇が動いた。

「山川《やまかわ》さん――、じゃないですかね……」

「え……」

私の脳裏に、一人の顔が思い浮かんだ。

村の外れに暮らしている独居老人、山川忠彦《ただひこ》さんだ。

恐るおそる、私たちは、さらに遺体へと近づき、顔を真上から覗き込んだ。

たしかに似ている。けれど――、本当に山川さんだろうか。

私は顔の正面側に回り込むと、片膝を突いてしゃがんだ。

そして、至近距離から顔に懐中電灯の光を当てた。

無精髭《ぶしょうひげ》。白髪まじりの蓬髪《ほうはつ》。日に焼けた皮膚。目尻の深いシワ……。半開きの目には生気がなく、口は苦しげに開かれたままだった。その目にも、口にも、打ち付ける雨水が容赦なく流れ込んでいた。

もはや生存確認をするまでもないが、手袋をはめ、そっと頸動脈に指を当てた。かじかんだ指に、命の拍動は感じられなかった。

私は片膝を突いたまま遺体に向かって両手を合わせ、目を閉じた。

短い黙禱《もくとう》を終えると、背後で立ち尽くしている啓介を見上げた。

「間違いねえ。山川さんだ」

「です……よね……」

啓介は眉間にシワを寄せて、痛々しげな表情を浮かべた。そして、両手できつく握っていた傘の柄から右手を離すと、その手を顔の前に立てて、拝むような仕草をした。しかし、すぐに強い風が吹いて、慌てた啓介は再び両手で傘の柄を握った。

「仏さん、何か、握ってるな……」

ひとりごとのように私はつぶやいた。

「えっ？　なんです？」

暴風のせいで聞こえなかったのだろう、啓介が聞き返す。

しかし私は、それには答えず、遺体の右手に懐中電灯の光を近づけた。ちょうど胸のあたりで握られた右手のなかには、神社で売られているお守りを思わせる袋が見えた。その袋には、細長い革紐のようなものがつながれているのだが、それが途中で千切れている。もしかすると、死の直前、山川老人は首から下げていたお守りを握り、そのまま引きちぎったのかも知れない。

私は、ゆっくりと立ち上がった。レインウエアのフードから、雨水がザッと流れ落ちる。

「啓介」

斜め後ろを振り返って、私は言った。

「え？　あ、はい……」

「おめえが、第一発見者ってことでいいんだよな？」

「え――？」

当たり前のことを聞かれただけなのに、啓介は目を丸くして私を見返した。

やれやれ、可哀想に――。

私は短くため息をついた。

「え？　え？　ちょ、ち、違いますよ。俺、何もやってないっすよ」

慌てて首を横にブンブン振る啓介を見て、私も首を振ってみせた。

「分かってるよ、そんなこと」

「え……」

「ただ、ちょっと、おめえが可哀想だなって思っただけだ」

「可哀想？　俺が、ですか？」

「ああ。第一発見者だからよ、これから色々と事情聴取に付き合わされるハメになるからな」

「事情……聴取……」

啓介は、とりあえず自分に嫌疑があるわけではないと知ってホッとしたような、それでいて、この先の展開を想って不安になったような――、とても複雑な顔でこちらを見た。

私は、そんな啓介の視線から逃れるように、再び山川老人の遺体を見下ろした。

パッと見では、外傷らしきものは見当たらない。

では、どうして山川老人は、こんな深夜のひとけのない細道で死んでいるのか――。

私が思案を巡らせたとき、ふと、思い出したことがあった。

少し前のことだが、いま啓介が車を停めている神社の境内で、深夜に不審な人影を見かけた、という通報が村人から入ったのだ。さらに、それに続けて、神社の社務所からも、深夜に境内で物音がする、という連絡があった。あれは、たしか、半月ほど前だっただろうか……。狭い村だけに、その噂は、あっという間に尾ひれがついて広まり、一部の村人たちは「あの神社にはお化けが出る」などと言いはじめたのだった。

まさか、その「お化け」とやらが、山川老人の死とつながっているわけでは――。

私が妙なことを考えはじめると、斜め後ろから声をかけられた。

「駐在さん――」

「ん？」

我に返った私が振り返ると、啓介がガチガチと歯を鳴らしていた。

「俺、さ、寒いっす……」

そうだった。啓介は首から下がびしょ濡れなのだ。

「お、おう。そうだよな。とりあえずいったんパトカーに戻るから、おめえも来てくれ」

とにかく所轄に連絡しなくては。

私は、山川老人の死体をちらりと見て、踵を返した。そして、暴風雨のなか、啓介を引き連れ、来た道を戻りはじめた。

ごう、ごう、と黒い山々が怒り狂ったように吼える。

この山奥の寒村の「駐在さん」になって七年。小さな揉め事やごたごたは多少あったものの、事件らしい事件は、これまでひとつも起きていない。

だから、今回も——。

私は事件性がないことを胸裏で祈りながら、生前の山川老人を憶《おも》った。一部の村人からは「よそ者」「変わり者」などと指弾されていた老人の、穏やかで淋しげなまなざしが、私の脳裏には焼き付いている。

一度でいいから、山川老人と「会話」をしてみたかった。

それが叶《かな》ったら、きっと、あのまなざしと同じ温度を持った、なごやかな言葉を聞かせてくれたのではないか……。

冷たく無慈悲な雨に打たれる山川老人のご遺体を思い出しながら、私は深いため息をこぼすのだった。

第一章 山川忠彦

春の渓流に、釣りの仕掛けをそっと振り込んだ。

ほとばしる真澄《ますみ》川の水は、炭酸水のように澄んでいる。

私は四メートルを超える長さの釣り竿を操り、水中の餌がいかにも自然な感じで漂っていく様子を演出した。

来い、来い――。

声に出さずつぶやきながら、釣り糸につけたカラフルな目印を見詰め続ける。

やがて、流れに乗った仕掛けが大きな岩のすぐ脇を通り抜けた刹那――、目印がスッと水面下へと吸い込まれた。

よしっ！

私は、素早く釣竿を立てた。

ズシリとした重さ。

いい魚だ。

潑剌《はつらつ》とした渓流魚が、澄んだ水のなかで暴れまわり、釣竿を握る手に、ググググ、と生命の躍動を伝えてくる。

長い釣竿が手元から弧を描いた。

今日いちばんの手応えだ。

サイズも、かなりいいだろう。

自然と私の頬はゆるんでしまう。

必死に抵抗する魚を、丁寧な竿さばきでなだめすかしながら、じりじりと足元に引き寄せる。

キラリ、美しい魚体が光った――、と思ったら、魚は私の足元で最後のひと暴れを見せた。はじける飛沫《しぶき》。

陽光に、てらりと輝く銀鱗。

私は竿を立てたまま浅瀬でしゃがみ込み、そっと魚を網ですくった。

網に入ったのは「渓流の女王」とも称されるヤマメだった。

思ったとおり、サイズもいい。二五センチはあるだろう。

ピンと張った鰭《ひれ》と、まるまる太った筋肉質な魚体は、堂々たる野生の美と威厳を漂わせていた。

いいヤマメだ。これは浩之《ひろゆき》に自慢できるな――。

私は、目を丸くした親友の顔を思い浮かべながら、腰につけた断熱機能付きの魚籠《びく》にヤマメを入れた。これで今日の「お持ち帰り」の魚は、イワナが三匹とヤマメが三匹となった。他にも小さめの魚がちらほら釣れたのだが、それらはすべてリリースした。食べて美味《おい》しいサイズになるまで、この美しい真澄川ですくすくと育ってもらいたいのだ。

浩之は、釣果《ちょうか》を伸ばしているかな？

いまの一匹で充分に今日の釣りを堪能した私は、上流で竿を振っている親友の様子を見にいこうと思い、浅瀬を歩きはじめた。

すると、ちょうどそのとき、上流の大岩の裏から人影が現れた。

すらりと引き締まった身体に、ハンサムで精悍な顔立ち。

檜山《ひやま》浩之、その人だった。

つい先日、三十路《みそじ》を迎えた同い年の親友は、すでに畳んで短くした釣竿を手に、浅瀬をザブザブと歩いてくる。

「どうよ？　釣れたか？」

瀬音にかき消されないよう、浩之は大きな声を出した。

なんとなくだが、サングラスのなかの浩之の目が笑っているようにも見える。きっと、いい釣果を上げたのだ。その顔を見て、小さな悪戯《いたずら》心を芽吹かせた私は、ため息をこぼしながら首をすくめると、そのままゆっくり首を左右に振ってみせた。

「いまいち、かな」

「あはは。なんだよ。さっきの通り雨でコンディション良くなったのに」

言いながら近づいてきた浩之は、腰につけた魚籠のフタを開けて「ほれ」と私に中身を見せつけた。

「おお、さすが、いい型をそろえたね」

浩之の魚籠のなかには、食べごろサイズのヤマメが二匹とイワナが二匹の、計四匹が入っていた。

「だろ？　まあ、これが俺の腕ってやつだな」

浩之は自分の二の腕をポンポンと叩いてみせた。自慢げに鼻の穴を膨らませているので、私は思わず苦笑してしまった。

「なるほど。腕ね……」

「おうよ。で、まさか忠彦、お前、坊主じゃねえだろうな？」

坊主というのは「一匹も釣れないこと」を意味する釣りの用語だ。

「まあ、坊主ではないけど……」

「ショボかったか」

「自慢できるような釣果ではないかな」

私は、わざと残念そうな顔をしながら、自分の魚籠の中身を披露した。もちろん、そこには、浩之の釣果よりもサイズのいい魚たちが、計六匹入っている。

「え……？」

魚籠を覗き込んでいた浩之が、ゆっくりと顔を上げて私を見た。どういうこと？　という顔だ。

「俺は、ほら、たいした腕じゃないから」

そう言って私がニッと笑うと、浩之は両手を上げて天を仰いだ。

「あー、ムカついた。今日は、もう終わり。うちに帰って一杯飲むぞぉ」

「あははは」

私は、軽く笑いながら浩之と同じ空を見上げた。

ついさっきまで青々としていた春の空が、いつのまにか白茶けていた。よく見れば、東の山の端は、すでにピンク色がかっている。

今日も一日、楽しい釣りをありがとう――。

私は桑畑《くわばた》村の美しい自然に感謝しながら、清爽な川風を深呼吸して肺を洗った。

そして、滔々《とうとう》と流れる真澄川を眺めた。

「おい、ホラ吹き。なに、にやにやしてんだ。さっさと帰るぞ」

浩之の言葉に我に返った私は「うん」と頷くと、長い竿を肩に担いで真澄川に背を向けた。そのまま浩之のワゴン車が停まっている谷沿いの道路まで登っていく。

車に到着すると、私たちは釣りの道具や装備を荷室に放り込み、着替えを済ませた。そして浩之の運転で、川から数分の「葵屋《あおいや》」へと向かった。

葵屋は、過疎が進む桑畑村で唯一の「よろず雑貨の店」であり、浩之の家業でもある。古民家の道路に面した部分が、そのまま雑貨店になっていて、店の奥の居住スペースで浩之と妻の真子《まこ》さん、そして、生まれて間もない愛乃《あいの》ちゃんが暮らしている。

店で売られている品物は、まさに「よろず」で——、米や惣菜パンなどの食品から、草刈り鎌、麦わら帽子、長靴、洗剤、食器類などの生活用品。さらに、子供向けの駄菓子や文房具、アイスクリーム、虫除けスプレーなども棚に並べられている。都会のベッドタウンで生まれ育った私からすると、葵屋の品ぞろえは「何でもあるようで、色々と足りない」のだが、それがまた、どこか懐古的でもあり、いい感じな「味」に思えてくるのが不思議だった。

はじめて私が葵屋を訪れたのは四年前のことだった。

老舗《しにせ》の釣り雑誌で特集されていた真澄川の記事を読んで、その魅力に心惹かれた私は、車で四時間をかけて桑畑村を訪れてみたのだ。そして、たまたま「遊漁券」と書かれた看板を掲げた店に入ってみたら、レジにいた青年（＝浩之）と目が合った。

昔から控えめな性格の私は、自分がよそ者であることを意識しながら、「あのぅ」と浩之に話しかけた。すると浩之は、いかにも釣り師らしいフィッシングベストを着た私を見て、「いらっしゃい。遊漁券ですか？」と、天性の人好きのする笑みを浮かべた。その親しみやすい雰囲気に、いくらかホッとした私は、遊漁券を買ったついでに、思い切って訊ねてみたのだ。

「じつは、はじめて真澄川に入渓するんですけど、おすすめのポイントがあったら、教えてもらえませんか……」

「おお、もちろんいいですよ。ええと、俺のおすすめはですね——」

浩之は口頭で説明をしながら、破いたメモ用紙に地図を描きはじめたのだが、途中で「うーん」と唸って、手にしていたボールペンを置いた。「なんか、地図を描いて説明するのは難しいんで、よかったら一緒にやりませんか？」

「え……」

「せっかくなんで、俺も、ちょちょいと夕飯のおかずでも釣ろうかなって」

「えっと……、このお店は？」

「あはは。ずっと店番をサボってたら嫁さんに叱られるんで、一時間くらいの限定ってことで交代を頼んでみます」

浩之は、悪戯っぽい顔でそう言った。

「そうですか。じゃあ……」

と、私が曖昧に頷くやいなや、浩之はくるりと後ろを振り返り、レジの背後に掛かっている暖簾《のれん》をちらりとめくった。そして、暖簾の奥にある居間らしき部屋に向かって大きな声を出した。

「おーい、真子ちゃん。いまから、ちょっくら釣りしてくるわ。一時間やそこらで戻るから、店番よろしく」

すると、奥の方から「はーい」と女性の明るい声がした。

「うっし。んじゃ、さっそく行きますか」

浩之は、こちらに向き直ると、ニッと無邪気な笑みを浮かべてみせた。

なんだか、やんちゃ坊主がそのまま大人になったような人だな――。

私は、どこか羨望にも似た気持ちを抱きながら「はい……」と頷いた。

「そしたら、俺の車が先導しますんで、付いてきて下さい。とっておきの一級ポイントを教えちゃいますからね」

「あ、はい。ありがとう、ございます……」

正直、人見知りな私としては、やや気が重かった。

なにしろ、いきなり知らない人と一緒に釣りをするのだ。いったい自分はどう振る舞い、何をしゃべればいいのか――、考えただけでため息がこぼれそうになる。

ところが、いざ、未知の流れのなかに立ってみると、地元の釣り師というのは、想像以上に頼れる「先生」であり「川の生き字引」なのだった。あれよあれよという間に、私の腰につけた魚籠は重さを増していき、かつてないほどの釣りを愉《たの》しませてもらえたのだ。というのも、その日の浩之は、ほとんど自分の竿を出さず、ひたすら私のガイドとして振る舞ってくれたのである。

私の心配は杞憂だった。美しい川に並んで立った二人は、同じ趣味を持つ者同士ゆえに、会話のネタには事欠かなかったし、たまたま二人が同い年だと分かってからは、いっそう会話が弾んだ。語り合い、笑い合い、美しい魚を釣り上げては喜び合う。二人の心の距離はみるみる縮まっていき、私は思いがけないほど豊かな時間を過ごせたのだった。

そして、その日を境に、私は休日の多くを「桑畑村通い」に費やすようになった。この村に通えば通うほどに、浩之との仲も深まっていき——、そして、いつしか桑畑村は、私にとっての「第二の故郷」とも言える場所になっていたのだった。

葵屋に着くと、いつものように、私は店の裏手の玄関から居間に通された。居間と店はつながっていて、暖簾の向こうにレジがちらちらと見えている。

その暖簾を浩之の妻の真子がひょいと軽くめくり上げて、愛嬌のある顔を覗かせた。真子は今日もおんぶ紐で娘の愛乃ちゃんを背負っていた。愛乃ちゃんが背中で寝たら、居間に設置したベビーベッドで寝かせるのだ。

「忠彦くん、いらっしゃい」

かつて浩之とクラスメイトだったという真子は、同い年の私にも敬語は使わない。

「あ、うん。どうも」

「どう、釣れた?」

「うーん、まずまず、かな」

「忠彦くんが『まずまず』って言うときは、だいたいよく釣れてるんだよなぁ。ちなみに、うちのは?」

「浩之は——、まずまず、かな」

と、こめかみを掻いた私を見て、真子はくすっと笑った。

「うちの人の『まずまず』は、釣れてない『まずまず』だね」

「あはは。でも、坊主じゃないけど——」

自分の方がよく釣れた、とは言いにくいので、私は言い淀んだ。

するると、缶ビールを二つ手にした浩之が台所の方から現れて、さっそく二人のやり取りに反《はん》駁《ばく》しはじめた。

「あのな、俺だって、ちゃんと釣ったからな。ただ今回は、ほんのすこーしだけ、忠彦の方が『運』に恵まれてたってとこかな」

運、という単語を強調した浩之は、二本の缶ビールを卓《ちゃぶ》袱《だい》台の上に置いて、でん、と私の正面にあぐらをかいた。

すると、すかさず真子が、

「本当に運なのぉ?」

と、悪戯っぽく訊き返す。

続けて、私も、

「腕、じゃなくて?」

と自分の二の腕をポンと叩いてみせた。

「あー、もう、うっせえ、うっせえ。とにかく、二人で十匹釣ってきたんだから悪くねえだろ」

「あはは。そうだね。じゃあ、浩之名人、美味しく焼いてね」

そう言うと、真子は暖簾の向こうに顔を引っ込めて店番に戻った。

そして、すぐに「いらっしゃいませ」と、明るい声を出す。店にお客が来たようだ。

「とりあえず一本飲んで、落ち着いたら魚を焼こうぜ」

缶のプルタブを起こしながら浩之が言った。

「あ、でも、俺、これから車を運転しなきゃだから、アルコールは……」

「え？　なんだよ。泊まっていけよ」

そう言ってくれるのは嬉しいのだが、私としては、乳飲み子のいる檜山家に泊まるのは、少し気が引けるのだ。

「いやぁ、でも、真子ちゃんも大変そうだし」

言いながら私は、傍らに置かれた空のベビーベッドを見た。

すると、再び店のレジにつながる暖簾がひょいとめくられて、真子が顔を出した。

「わたしのことは、ぜんぜん気にしないで大丈夫だよ。この子の夜泣きが、ちょっぴりうるさいかもだけど、よかったら泊まっていって」

「な。真子もそう言ってんだから、ほれ。飲めって」

浩之が、テーブルの上の缶ビールをこちらに押し出した。

そこまで言われると、今度は逆に固辞する方が難しくなってくる。

「じゃあ、うん。真子ちゃん、お世話になります」

私は真子に向かって軽く会釈をしてみせた。

「いえいえ。その代わり、うちはセルフサービスだから」

「うん、分かってる」

「そこんとこ、よろしく」

冗談めかしてにっこり笑った真子に、浩之が声をかけた。

「あれ？　愛ちゃん、寝てるぞ」

「ほんと？　どうりで、おとなしいわけだ」

真子は、背中の娘に振り向いて言った。

「こっちに寝かそう」

浩之は立ち上がると、真子の背中から愛乃ちゃんを優しく抱き上げた。そして、不発弾でも扱うような慎重な手つきでベビーベッドに横たわらせることに成功した。

すやすやと眠る愛乃ちゃん。

真子に向かって右手でＯＫサインを出した浩之。

若い夫婦の連係プレーだ。

それから浩之はベビーベッドを覗き込んで、愛乃ちゃんの寝顔を眺めていた。その「パパ」としての横顔が、なんともいえず幸せそうで、しかも、浩之と愛乃ちゃんの様子を眺めている真子もまた、「ママ」としても「妻」としても、しみじみ幸せそうで――、気づけば私まで胸がほっこりとして、ついつい穏やかなため息をこぼしてしまうのだった。

そういえば以前、少し酔った浩之がこんなことを言っていた。

「じつは俺、四歳のときに母ちゃんを癌で亡くしててさ、いわゆる『父子家庭』で育ったんだよな。だから、ちゃんと両親がそろってる家族の味ってのを知らねえんだ」

自嘲気味に笑った浩之の目には、かすかな悲しみの色が浮かんでいた。浩之は続けた。

「でも、まあ、そのおかげで俺は、村のおっちゃん、おばちゃんたち、みーんなに育てられたようなもんだから。それはそれで幸せだったと思ってるけどな」

後半の台詞《せりふ》は、本音が半分、強がりが半分、といったところかも知れない。だが浩之の家族にまつわる悲しみは、それだけでは済まなかった。一昨年の暮れに父親が他界したのだ。死因は脳卒中だったそうだ。

そんな紆余曲折を経た浩之が、いま、愛乃ちゃんの寝顔に見入っている。

満ち足りた親友の横顔を眺めつつ、私は思った。

家族の理想のカタチや在り方に、ずっと憧れを抱き続けてきた浩之だからこそ――、彼はいま、何よりも家族を大切にしているのだ。そして、これから先は、抱いてきた憧れどおりの家庭を育んでいくのだろう。

きっと、そうに違いないし、そうあって欲しい。

ほとんど祈りにも似た想いを胸に抱いたそのとき――、ふと私は、自分のもうひとつの趣味を思い出して、傍らに置いたショルダーバッグのなかから、お気に入りのカメラを取り出した。ライカのフィルムカメラだ。

ストラップを首にかけ、手に馴染んだライカを構えた。

ファインダーにおさめたのは、ベビーベッドの愛乃ちゃんと、それを眺めている浩之の横顔だ。

　構図が決まると、シャッターボタンを押した。

　さらに続けて、浩之と愛乃ちゃんの様子を眺めている真子の写真も撮った。

　すでに二人とも私に撮られることに慣れているせいか、カメラを向けられてもまったく動じない。おかげで、いつも自然な表情が撮れるのがいい。

「ぐっすり寝てくれた」

　小声で言いながら、浩之が卓袱台に戻ってきた。

「うん。おかげで、いい写真が撮れたよ」

「そうか。じゃ、プリントしたらくれよな」

　浩之の言葉に「もちろん」と頷いた私は、真子にも頷いてみせてから、卓袱台の下でなるべく音を立てないよう、缶ビールのプルタブを立てた。

「んじゃ、俺たちの釣りの『腕』に、乾杯だな」

　浩之がニヤリと笑いながらそう言ったので、釣られて私も破顔した。そして、ビールの缶をコツンとぶつけ合い、それぞれ喉を鳴らした。そんな二人を見ていた真子は、満足そうな笑みを浮かべて店番へと戻った。

「そういや、忠彦んちも、もうすぐだったよな？」

　缶ビールを片手に愛乃ちゃんの方を見ながら、浩之は言った。

「うん」

私も、ベビーベッドの方を見て頷く。

「予定日は、何月だっけ？」

「七月」

「じゃあ、あと三ヶ月くらいか」

「だね」

私は、お腹が大きくなってきた妻の麻美《あさみ》の顔を思い出した。少し前に、つわりから解放された麻美は、今日から一泊する予定で実家に帰っている。麻美の実家は、電車で五駅の距離にあるので帰省しやすいのだ。「実家に帰るとさ、ソファーでゴロゴロしてるだけで自動的にご飯が出てくるから、ほんとラクなんだよねぇ」と、麻美はよく笑いながら言うのだが、それは本音だろう。しかも、麻美が帰ると義父母も喜ぶので、私はなるべく快く送り出すことにしている。

「おい、言っとくけどな」

ふいに浩之が、まじめな顔で忠彦を見た。

「え、なに？」

「めっっっちゃくちゃ可愛いからな、自分の子って」

「ああ、うん」

「寝顔なんて見てると、あまりにも可愛すぎて、オエ〜ッて吐きそうになるから」

「あはは。吐きそうって――」

「お前、そうやって笑うけどな、本当にそんな感じなんだって。まあ、三ヶ月後には分かるよ。

いま俺の言ってる言葉がどんだけリアルか」

「そっか。じゃあ、楽しみにしてる」

私は、やがて生まれ来る赤ちゃんを想った。

きっと可愛いのだろう。なにしろ、他ならぬ麻美が産んでくれるのだ。愛くるしい赤ちゃんに決まっている。

「ちなみに、忠彦んところは、男の子？　女の子？」

「うちは、男の子だって」

「そうか。男の子も可愛いだろうなぁ……」浩之は斜め上を見ながら、一人で勝手に空想してにやにやしている。「あ、名前は、もう決めた？」

「うーん……、名前は、いま、麻美と一緒に考え中なんだけど」

「けど？」

「一応、候補は、あるよ」

「おっ、なんて名前？」

「まだ、本決まりじゃないけど」と前置きをしてから私は言った。「建斗《けんと》――が、いいかなって」

「建斗くんか。うん。なんか、響きがいいな。しかも、世界と渡り合うこれからの時代にぴったりだし」

「世界と？」

「だって、発音が〝ケント〟だぞ。英語圏でも一発で覚えてもらえそうな名前じゃねえか」

なるほど、たしかに——。

思いがけず浩之にいいことを教えてもらった。

私が一人でふむふむと得心していたら、浩之が続けた。

「なあ、どうするよ？」

「え、なにが？」

「もしも将来、うちの愛ちゃんと、忠彦んちの建斗くんが結婚、なんて話になったら」

「なんだよ、それ」私は苦笑した。「まだ、うちは生まれてもいないのに」

「いや、でもあり得るぞ。可能性はゼロじゃない」

「まあ、ゼロではないけど——。浩之はいいの？　愛ちゃんがお嫁に行っても」

笑いながら言った私を、浩之はわざと睨むようにした。

「駄目です。結婚なんて、パパは絶対に許しませんからね」

「あはは。なんか将来、本当にそういうパパになりそうだなぁ」

「だよな。俺も、そうなりそうで、いまから怖いわ」

くだらない妄想に声を抑えて笑いながら、二人は缶ビールを飲み干した。そして、愛乃ちゃんを起こさないよう、静かに席を立ち、台所へと入っていった。さっき釣ってきた魚をさばいて調理するのだ。

「やっぱり塩焼きにする？」

私が訊いた。

「そうだなぁ……、ヤマメは塩焼きで、イワナは朴葉《ほおば》味噌焼きにするってのはどうよ？」

「いいね」

「んで、イワナのいちばん小さいやつは素焼きにして、それを骨酒《こつざけ》にしよう。忠彦、好きだろ？」

浩之は、お猪口《ちょこ》でくいっと飲む仕草をしてみせた。

「うん。それも賛成」

「じゃあ、決まりだ」

それから二人は、古民家の時代がかった台所に並んで立ち、慣れた手つきで渓流魚たちをさばきはじめた。

「あっ、そういや、明日なんだけどさ」

小出刃を手にした浩之が、ヤマメの内臓を出しながら言った。

「ん？」

ヤマメの鰭に、たっぷりの粗塩をつけながら私が顔を上げる。

「村の花見があるんだけど、忠彦もちょっくら顔を出すか？」

「ああ、噂の花見か……。昼間？」

「そう。昼前くらいからスタートして、人によっては深夜まで、だらだら飲んでるよ。俺は店番があるから、昼間に一時間くらい真子に代わってもらって、その間だけの参加になるけどな」

「そっか」

「樹齢三〇〇年の巨木をみんなで囲んでわいわいやるんだけどさ、あの桜は、なかなかの迫力だぞ」

「樹齢三〇〇年の巨木か。すごそうだね」

いったい、どれほど立派な桜なのだろう――。私は、桜の巨木をライカで撮影する自分を想像した。

「行くか？」

「うん。行くよ。あ、でも、明日はさすがに夜までには帰宅しないとまずいから、酒は飲めないけど。いいかな？」

「もちろん。花見で飲めない分の酒は、今晩たっぷり飲んでおけよ」

「あはは。そうだね」

「うっし。じゃあ、今宵は花見の前夜祭ってことで、バッチリ美味しいつまみを仕上げようじゃないの」

「だね」

それから私たちは、せっせと酒の肴《さかな》づくりにいそしみ、夜更けまで真子を含めた三人で小さな前夜祭を楽しんだのだった。

翌日の昼過ぎ――。

ライカのストラップを首にかけた私は、浩之のワゴン車に乗せてもらい、村の花見へと繰り出した。

花見の会場は、ゆったりと流れる真澄川の瀞場《とろば》を見下ろす小さな公園だった。道路に面した入り口には、塗料が剝げ落ちた時代めいた石柱が立っていて、そこに「淵見ヶ丘公園《ふちみがおか》」と彫られていた。瀞場=淵を見下ろせるから、淵見――、つまり、土地の特徴がそのまま公園の名前になったのだろう。

園内にはすでに一〇〇人を超える村人たちが集まっていて、それぞれが茣蓙《ござ》、レジャーシート、養生シートなどを敷いているので、地面がとてもカラフルだった。

そして、その中心に圧倒的な存在感を放ちながら聳《そび》え立つのが、樹齢三〇〇年を誇る一本桜だった。

「どうよ、我が村自慢の桜は」

公園に入るやいなや、浩之は腕を組んで仁王立ちした。

「すごい。想像以上だよ」

「だろ?」

「樹種は、何ていうの?」

「たしか正式な和名は『江戸彼岸』っていう桜らしいけど、この村では『淵見の大桜』って呼ばれてるな」

「淵を見下ろす大きな桜――、そのままだね」

「たしかに。名付けた昔の人は、工夫が足りねえな」と笑った浩之は、くるりと反転して真澄川の方を指差した。「あの淵に大岩が見えるだろ?」

「うん」

「この村の学校にはプールがねえからさ、夏になると、よくあの大岩から淵に飛び込んで遊んでたんだ。水中眼鏡をつけて潜ると、魚がわんさか泳いでるのが見えてよ、俺ら地元のガキどもは、銛《もり》を手にして、一日中、魚を追いかけまわしてたよ」

「へえ。いいなぁ、そういうの」

「都会じゃ、そんなのありえねえだろ？」

「ないない。川が汚すぎて、泳いだら腹をこわすよ」

言いながら私はライカを構えて真澄川の淵を撮影した。淡いブルーのラムネ瓶のような色をしたその淵は、水深五メートルはありそうだが、川底の小石まではっきり見えるくらいの透明度だ。

「さてと――、俺は、園内のあちこちに顔出して、挨拶して回るけど、忠彦はどうする？　一緒に来るか？」

「いやぁ、俺は……」引っ込み思案な私は、きっと気疲れしてしまうだろう。「適当にその辺をうろうろしながら、のんびり写真を撮ってるよ」と答えておいた。

「そうか。まあ、そう言うと思った。んじゃ、また後でな」

浩之は微苦笑して手を上げた。

「うん、また後で」

待ち合わせ時間も決めずに二人は別れた。人は多いが、公園自体はさほど広くはない。ざっと見渡せば、すぐにお互いを見つけられるのだ。

村人たちのなかへ分け入っていく浩之の背中を見送ると、私も園内をぶらぶらと歩き出した。自分の目をファインダーにして、いい構図を探して回るのだ。そして、ここぞ！　と思ったところで足を止め、ライカのシャッターボタンを押していく。

歩いていると、遠くから何度も浩之の明るい声が聞こえてきた。

浩之は「よお！」「おっす！」「どうも！」と、気さくに村人たちに声をかけたり、逆にかけられたりしながら、とても愉快そうに会話の相手を替えていく。あの陽気さ、社交性の高さは、浩之が身につけた最大の武器に違いない。いい歳をして無いものねだりをするつもりはないが、私は常々、他者と明るく快活に接する浩之の様子を眺めては、憧憬の念を抱いているのだった。

村人たちの敷物を踏まないよう気をつけながら、私は公園の中心に聳える桜へと近づいていった。

時折、宴会中の村人から呼び止められた。この村に通いはじめて五年目ともなると、シャイな私といえども、さすがに顔見知りが増えてくる。なかには、まったく見覚えのない人から声をかけられることもあって、そのたびに私はどぎまぎしてしまうのだった。そして、そういうときに助けてくれるのがライカなのだ。

「あ、よかったら、記念に一枚撮りますよ」

そう言ってレンズを向けさえすれば、見覚えのない相手とその仲間たちは嬉しそうにピースサインを向けてくれるし、会話のきっかけにもなる。

そんなこんなでライカに助けられながら、私は桜を見上げる位置にまで到達した。と、そのとき、今度は、ちゃんと面識のある人たちから声をかけられた。

「あら、忠彦さんじゃない。来てたの？」

「おお、忠彦くんか。誰かと思ったよ」

　この二人は、村で唯一の酒屋を営むお爺ちゃんとお婆ちゃんだ。浩之いわく、檜山家の遠い親戚筋らしい。

「ああ、どうも、こんにちは」

「今回は、釣れたかい？」

　お爺ちゃんが、伸ばした人差し指を釣竿に見立てて、くいくい、としゃくりながら言った。

「はい。おかげさまで、まずまず、でした」

「ねえ、よかったら、一緒にどう？」

　お婆ちゃんが、自分の隣を指差して誘ってくれる。

「おお、そうしなさい。うちは金はないけど、酒ならたくさんあるらしいから」

　お爺ちゃんのベタなフリに、私は照れながら応えた。

「酒屋だけに……」

　すると、二人は「そうそう！」と愉快そうに笑ってくれた。そして、一緒に花見を楽しんでいる息子さんご夫妻と、お孫さんたちを紹介してくれた。いま、息子さんたちは、村を離れて都会で暮らしているとのことだった。

「まあ、息子らの詳しい紹介は飲みながらってことでいいだろう。とりあえず、ほれ、忠彦くんも座って一杯」

　そう言ってお爺ちゃんも地面を指差す。

「ええと、すみません。じつは、もう少ししたら車で帰らないといけないんで」

へこへこ頭を下げながら言うと、二人はとても残念そうに眉尻を下げてくれた。

「なんだ、そうかぁ……。葵屋にでも泊まっていけばいいのに」

お爺ちゃんの言葉に、私はぽりぽりと頭を掻いた。

「そうなんですけど、明日は月曜日なので、仕事があるんです」

「まあ、仕事じゃ、しょうがないか」

「そういえば、忠彦さんって、どんなお仕事をなさってるの？」

お婆ちゃんが、可愛らしく小首を傾げた。

「ええと、建設会社のサラリーマンです」

「ほう、会社はどこだい？」と、お爺ちゃん。

「帝王建設《ていおうけんせつ》というところです」

「おお、帝王建設と言ったら業界ナンバーワン。最大手じゃないか。忠彦くんはすごいなぁ。いや立派だ」

お爺ちゃんが褒めちぎるので、私は「いえいえ……」と赤面するしかなかった。実際は、業界二番手なのだが、そういう瑣末《さまつ》な訂正は控えておいた。

「あの、よかったら、みなさんで写真を」

そう言って私はライカを手にした。

「あら、まあ、嬉しい」

目尻にシワを寄せたお婆ちゃんのひと言で、酒屋の一家は、みんなそろってレンズに笑顔を向けてくれた。

「じゃあ、撮りますよ。はいチーズ」

シャッターを切った。

「どうもありがとねぇ」

と言ったお婆ちゃんに「この写真、プリントして、次回、送りますね」と私は約束した。

すると、お爺ちゃんとお婆ちゃんは顔を見合わせて微笑《ほほえ》んだと思ったら、その笑みを私に向けて「すごく嬉しい」「そりゃ楽しみだ」と、まっすぐな喜びの言葉をかけてくれるのだった。

酒屋さんの一家と別れると、再び私は村人たちのなかを歩きながら満開の桜と花見の様子を撮影し続けた。

凜々《りり》しくも厳かな桜の巨木――。そして、その周りには、たくさんの村人たちの笑顔が咲き誇っている。

笑顔、笑顔、笑顔……。

私は、手にしていたライカを首から下げて、よく晴れた春の空に向かって伸びをした。そして、上げた両手を下ろすと、あらためてぐるりと村人たちを眺めた。

本当に、つくづく、いい村だ。

やっぱりここは、俺の第二の故郷だな――。

私は胸裏でつぶやいて、ふと周囲を見渡した。

うねる龍のように太く大きく伸びた桜の枝の下に浩之の姿を見つけた。浩之は大袈裟なジェスチャーをつけて冗談を飛ばし、村のお年寄りたちを笑わせていた。

宇宙が透けて見えそうな澄んだ青空。

巨木の枝に咲き誇る桜の花。

気の置けない親友と、歯を見せて笑う村人たち。

再びライカを手にした私は、浩之のいる方へとレンズを向けた。四角いファインダーに切り取られた風景は、澄みやかで美しく、やわらかな情感に溢れていた。

この村の風景を、ありのままに残しておこう——。

私は、切ないほどの清々しさを胸に刻みながら、ライカのシャッターボタンを押すのだった。

第二章

山川忠彦

雨上がりの穏やかな午後――。

住宅地の路地にできた水たまりは、洗いたての青空を映していた。

うっすらと花の匂いが溶けた春風。

その風が、私を後ろから追い越して、水たまりのブルーをひらひらと揺らす。

「パパ、行くよ！」

私の右手に両手でしがみついた建斗が、近づいてくる水たまりに備えて愉悦の声を上げる。

「よぉし、建斗、しっかりつかまれよぉ」左手にスーパーの買い物袋をぶら下げた私が、それに応えた。「ホップ、ステップ――」

「ジャーンプ」

「ジャーンプ」

二人の声がそろう。

私は、右手で建斗を引き上げて、水たまりを一気に飛び越えさせた。そして、そこからさらに充分な溜めを作ってから、「はい、着地」と下ろしてやった。

「やったぁ！」

私の手を握ったまま、建斗はぴょんぴょん飛び跳ねた。

楽しさを全身で表現する息子の笑顔を見下ろしながら、私はふっと頬をゆるめた。

子供の成長は、本当に早い。

ついこのあいだまで新生児だったはずの建斗が、あっという間に四歳の誕生日を迎え、先週から水色の制服を着て幼稚園に通いはじめているのだ。

「建斗」

「なぁに？」

「幼稚園は、楽しい？」

「うーん……あんま、楽しくない」

「そっかぁ」

「パパと遊んでる方が楽しい！」

「ははは……」

嬉しいようでもあり、やや心配でもあり。

でも、まあ、最初は行きたがらない幼稚園も、慣れれば楽しくなってくると聞くし、しばらくは様子を見ながら騙《だま》しだまし通園させればいいだろう。

私は微苦笑しながら建斗の手を離すと、後ろから両脇に手を差し込んで「それぇ！」と春空に向かって小さな身体を持ち上げた。そして、そのまま建斗が大好きな肩車をしてやった。

「あはは！　ねえ、パパ」

私のおでこをぺちぺち叩きながら、建斗が楽しそうな声で呼んだ。

「ん？」

「ママ、もう元気になったかな？」

「どうかなぁ……」私の脳裏に、つわりでぐったりとした麻美の顔がちらついた。「元気になってるといいけど」

煮え切らない返事をして路地を左に折れる。

少し先の左手に、我が家の玄関が見えてきた。

腕時計で時刻を確認すると、午後二時を少し回っていた。帰宅にはちょうどいい頃合いだろう。

「ねえ、おうちに帰ったら、何して遊ぶ？」

頭の上から声がした。

「建斗は、何をしたい？」

「ぼくはね——、ブロックでロボットを作りたい！」

「そうか。じゃあ、そうしよう」

「やったぁ」

上機嫌な建斗を肩車したまま家の黒い鉄門扉を開いたとき、再び建斗がおでこを叩いた。

「あ、パパ、ここで下ろして」

「ん、どうして？」

言いながら私は建斗を地面に下ろしてやった。

すると建斗は、門扉の内側に作られた小さな花壇の前でしゃがみこんだ。花壇には、薄紫色の花をつけた背丈四〇センチほどの植物がびっしりと群生している。

「ママの好きなお花、持っていってあげるの」

麻美の好きな花の名は、通称・紫花菜（ムラサキハナナ）。

花大根（ハナダイコン）、諸葛菜（ショカツサイ）などと呼ばれることもあるが、正式な和名は大紫羅欄花（オオアラセイトウ）という。

二年前、中古でこの家を買ったとき、私はさっそく地面にレンガを並べて花壇を作り、この花の種を蒔いた。そして、それ以降、毎年、春になるとこの花壇は優しい薄紫色で満たされている。

「そっか。建斗は優しい子だなぁ」

私は、建斗の隣にしゃがみ込んで、息子の頭を撫でてやった。

「どのお花がいいかな……」

ひとりごとを口にしながら目の前の花たちを見比べていた建斗は、やがて、背が高く、花びらの紫色が濃いものをチョイスした。

「これにする」

「うん。綺麗なのを選んだね」

建斗は根元から茎を折ってこちらに見せた。

「もっとたくさんあげた方がいいかな？」

「いや、パパはひとつでいいと思うよ」

「なんで？」

「この花壇で咲かせておけば、そのうち種をつけて、また来年も咲いてくれるからね」

「そっか。じゃあ、これだけにする」

建斗は素直に頷くと、タタタタ、と玄関に向かって走り出した。一秒でも早く、麻美に花を届けたいのだろう。私もすぐに建斗の背中を追って、玄関の引き戸の鍵を開けてやった。

「ただいまぁ！」

玄関に入るなり、建斗は奥のリビングに向かって元気な声を上げた。

「おかえり」

すぐに麻美の返事が聞こえてきた。しかし、その声には、なんとか頑張って明るい声を出しています——という努力の色が滲《にじ》んでいた。

ポイポイと靴を脱ぎ捨てて、建斗はリビングに向かって駆けていく。私は、やれやれ、と建斗の靴をそろえてから、自分も靴を脱いで家に上がった。

「ママ、プレゼント」

「わあ、嬉しい。ありがとう」

「もう、元気になった？」

「うん。もう大丈夫だよ」

私は廊下を歩きながら麻美と建斗の会話を聞いて頬をゆるめた。そして、「ただいま」と言いながらリビングに入る。

「おかえりなさい」

ソファーで横になったまま建斗の相手をしていた麻美が、ゆっくりと上体を起こした。

「これ、建斗にもらっちゃった」嬉しそうに紫花菜を私に見せた麻美は、続けて「建斗、ありがとねぇ」と、息子の頭を撫でまわした。首をすくめ、くすぐったそうな顔をした建斗は、ソファーに飛び乗って麻美の隣に腰を下ろすと、足をぶらぶらさせた。

「パパもありがとう。っていうか、もう二時過ぎなんだ——。せっかくのお休みなのに、朝からごめんね。疲れたでしょ」

建斗が生まれてから、麻美は私のことを「パパ」と呼んでいる。

「ううん。俺は大丈夫だよ」

私は微笑みながら首を振った。

正直、仕事の疲れが溜まっていない、と言ったら嘘になるけれど、それよりも、せっかくの家族と過ごせる休日なのだ。普段なかなか相手をしてやれない建斗と遊んでやりたいし——、と考えたところで、私は胸裏で『否』とつぶやいた。遊んでやるのではなくて、むしろ、自分が建斗と遊びたいのだ。可愛い息子と思い切り遊び、たくさんの笑顔を見ることで、くたびれた心にエネルギーをチャージしてもらう。つまり、今日のような休日は、まさにそのための時間なのだろう。

私は、そんなことを思いながら麻美に訊き返した。

「それより麻美、具合はどう？　少しは休めた？」

私は、手にしていたスーパーの買い物袋をテーブルの上にそっと置いた。

「うん。気持ち悪いのもだいぶ治まった感じ。おかげさまで三時間もお昼寝しちゃったし」

そう言って悪戯っぽく微笑んだ麻美は、少し膨らんできたお腹に手を添えて、再び建斗に話しかけた。

「ねえ建斗、今日はパパとどこに行ってきたの？」

「えっとねぇ、朝は公園のジャングルジムで遊んで、お腹が空いたらおっきいレストランでスパゲッティーを食べて——、ご馳走さましたら、また公園で遊んで、肩車で帰ってきた」

建斗の言う「おっきいレストラン」とは、近所のファミリーレストランのことだ。

「そっかぁ。よかったねぇ。楽しかった？」

「うん！」

「パパ、買い物は、どこで？」

麻美がテーブルの上を見ながら訊ねた。

「先月、駅前にできた――、えっと、なんだっけな」

「サンデーマート？」

「あ、そうそう」

「あそこ、お魚とお野菜が新鮮で安かったでしょ？」

「いやぁ、そこまではチェックしてなかったけど――、それより麻美、朝から何も食べてないんじゃない？」

するとと麻美は、少し眉を寄せて首を振った。

「まあ、うん。あんまり食欲ないし、ずっと寝てたから」

つわりがはじまってからの麻美は、見ていて心配になるほどに食欲がなかった。ひどいときは料理の匂いを嗅いだだけで、げんなりしてしまうらしい。普段は頑張って建斗の食事だけは作っているものの、自分の食事となると、もはや作る気力などゼロに等しいのだろう。

「きっとそうだろうと思ってさ、とりあえずサンドイッチと適当な惣菜を買ってきたよ。あと、オレンジジュースとレモンスカッシュも」

「わあ、レモンスカッシュ飲みたい」

だるそうな麻美の目に、ようやく光が宿った。

「オッケー、氷は入れる？」

「うん。少しだけ入れてくれる？」

「ぼくも飲む！」

と手を上げた建斗を見て、私は笑った。

「レモンスカッシュは炭酸が入ってるし、酸っぱいからなぁ、建斗は好きじゃないかもよ？」

「えー、ぼくも飲んでみたい」

「じゃあ、まあ、少しだけ試してみるか」

「うん！」

私は大小二つのグラスに氷を入れて、ペットボトルからレモンスカッシュを注《つ》いだ。その間に、麻美はソファーから腰を上げ、建斗が摘んできた紫花菜を細身の花瓶に活けた。そして、それをテーブルの上にそっと置いた。

麻美と建斗が、いつもの席に着く。

二人とも、満足そうな顔で紫花菜を見詰めている。

「はい、お待たせ」

私は、二人の前にそれぞれレモンスカッシュの入ったグラスを置いた。

さっそく「頂きます」と言って喉を鳴らす母子。

そして、麻美が「はあ、美味しい。生き返る」と、ため息みたいに言った直後、建斗が「うええ……」と顔をしかめた。

「あははは。やっぱり駄目か」

「……パパに、あげる」

小さなグラスを私に差し出した建斗を見て、麻美もくすっと笑って言った。

「建斗は、オレンジジュースにしてもらったら?」

「うん」

「やっぱ、そうだよな」

私は、建斗から小さなグラスを受け取ると、その中身を一気に飲み干して、代わりにオレンジジュースを注いでやった。そして、買ってきたばかりのサンドイッチや惣菜、ちょっとした菓子類をテーブルに並べ、冷蔵庫から缶ビールをひとつ取り出した。

プシュッ。

プルタブを立てて、麻美と建斗と乾杯だ。

ありふれた休日の午後。

薄紫色の花を飾ったテーブルに、仲のいい家族三人が着いて、他愛のないおしゃべり。

笑顔、笑顔、笑顔。

なんだか、いつもよりビールが美味しいな——。

私は、穏やかな気持ちで妻と息子を眺めると、その視線をテーブルの真ん中に置かれた紫花菜に向けた。

すると麻美が、記憶を辿るような顔をしてこう言った。

「ええと、『知恵の泉』『優秀』『癒し』——だっけ?」

紫花菜の花言葉だ。

「うん。そう。よく覚えてるね」

「でしょ?」と得意げな顔をした麻美は、「ああ、なんか、いまなら少し食べられそう」と言いながら、私が買ってきた三角形のハムサンドを手にした。

「大丈夫?」

「うん。なんとか。お腹の赤ちゃんのためにも、少しは栄養を摂らないとね」

眉をハの字にして微笑んだ麻美は、いったん「ふう」と小さく嘆息してからハムサンドを口にした。そして、「あ……、本当に食べられそう。美味しく感じる」と目を細めたのだった。


私がはじめて麻美と出会ったのは、いまから八年前のことだ。

当時、何度も腰痛を再発させていた私が、ふと思い立って会社の近くにある小さな整体院を訪れたとき、受付で問診票を手渡してくれたのが麻美だった。

白衣を着た麻美は、まだ二十二歳と初々しく、肩書きは院長の「助手」だと教えてくれた。

院長は、髪も髭も真っ白な、還暦を過ぎた小柄な中国人で、初診の患者を診て治療方針を決め、難しい手技を施していた。一方、新人の麻美は、院長の指示に従って簡単な施術をしたり、会計などの雑務をこなすのが仕事らしかった。

院長の見立てによると、私の腰痛は、いわゆる「癖になっている」らしく、一度や二度の治療では完治しないとのことで、結局、週に二度のペースで、最低でもひと月は通院するように、と言われてしまった。

初日の診察後は、院長が施術をしてくれたのだが、二回目以降は麻美が担当となった。

麻美の施術は女性らしくソフトで、それなりに心地よかったのだが、それよりも、むしろ、施術中の会話の朗らかさに私は「癒し」を覚えてしまうのだった。

以後、私は、麻美との会話を楽しみに、きっちり週に二度、通院し続けた。すると、まさに院長の見立てどおり、ひと月ほどで腰痛は快癒したのだが、しかし、私は「まだ、少し痛むかなぁ……」などと麻美に嘘をついては整体院に通い続けた。

そんなある日のこと、院長が「ちょっと銀行に行ってくる」と言って外出をした。ちょうど麻美の施術を受けていた私は、うつ伏せのまま、勇気を振り絞って声をかけた。

「あの、もしよかったら、なんですけど」

「はい？」

「腰を治してもらったお礼に、ご飯をご馳走させてもらえたらって……」

駄目もとの誘いに、麻美は一瞬、会話も手も止めたけれど、すぐに治療を再開させてくすっと笑った。

「やっぱり、治ってますよね、腰」

「え？　あ……」

私は、そこでようやく気づいたのだ。うっかり「腰を治してもらった」と過去形で言ってしまったことに。

「わたしが触った感じだと、筋肉の張りもすっかり取れてるんで、本当にまだ痛いのかなぁって、ちょっと不思議に思ってたんです」

「…………」

羞恥のあまり、私は返す言葉を失くしていた。うつ伏せだから顔は見られていないけれど、耳が真っ赤になっていたかも知れない。

ああ、やっちゃったな——。

私がこっそりため息をこぼしていると、

「いいですよ」

軽やかな麻美の声が降ってきた。

「え？」

「お食事、連れていって下さい」

「は、はい」

このときの私は、渓流釣りの最中にうっかり滑ってコケて腰痛になった間抜けな自分に、心からの拍手を送ったのだった。

それから二人は順調にデートを重ね、距離を縮めていった。

そして、ぽかぽか陽気のある日のこと、郊外の線路沿いの道を二人で並んで歩いていると、ふいに麻美が、雑草に覆われた空き地を見ながら「綺麗」とつぶやいた。

麻美の視線の先には、薄紫色の花が群生していた。

「あれは江戸時代に帰化した大紫羅欄花っていう花だよ」

自然科学が大好きな私は、その花の薀蓄《うんちく》を口にした。

「オオアラセイトウ？」

「うん」

「雑草の花？」

麻美は小首を傾げ、歩みを止めた。

「雑草っていうか――、もともとは観賞用として中国から入ってきた花なんだけど、いまはそれが野生化してるんだよね」

「そうなんだ。綺麗で、強い花なんだね」

「うん。ちなみに花言葉は三つあって、『知恵の泉』『優秀』『癒し』だって」

「すごい。なんで、そこまで知ってるの？」

「あはは。じつは、一昨日からちょうど野草の本を読みはじめたところでさ、あの花の別名が面白いなって思って、昨日、いろいろと調べてたんだよ。そしたら、たまたま開いた図鑑に花言葉が載ってて――」

「え、昨日？」

「うん」

「すごい偶然だね」

「だよね」

「それにしても、忠彦くんって、本当に自然マニアだよねぇ」

「いや、別に、マニアってほどじゃ……」

これって褒められているのか、呆れられているのか、と私が考えていると、麻美は話を戻した。

「ねえ、ちなみに、面白い別名って、どんなの？」

「ええとね、例えば……、かつて諸葛孔明が自陣に植えたことから『諸葛菜』って呼ばれてたり、この花が咲いていた原産地の中国の紫金山という山にちなんで『紫金草』とか。あとは、大根の花に似てることから『花大根』。それと――」

「え、まだあるの？」

「うん。紫色の花を咲かせる油菜のような花、という意味で、紫花菜。本当に油菜みたいに油が取れるんだって」

「ムラサキ、ハナナ――」

「うん」

「わたし、紫花菜っていう名前がいちばん好きかも」

「そっか。麻美は、紫色が好きだしね」

私は、麻美が来ている薄紫色のワンピースを見て言った。

「うん。この色、大好きなの」

麻美は、スカートの部分を両手で軽く持ち上げながら頷く。

「じゃあ、紫花菜は、麻美の花だね」

「え？」

「だって、花びらが麻美の大好きな紫色だし、花言葉もぴったりじゃん？」

「花言葉も？」

「うん。整体師として『優秀』だし、その手で腰を『癒し』てくれたから」

「わたし、優秀どころか、まだ新米の助手なんですけど……」と、麻美は苦笑してみせて、続けた。「じゃあ、せめて、もうひとつの花言葉の『知恵の泉』は、自然マニアの忠彦くんにプレゼントします」

「あはは。ありがとう。じゃあ、紫花菜は、ぼくら二人の花ってことで」

「うん。そうだね」

軽く頷いて、はにかむように微笑んだ麻美の顔と、そのとき吹いていた木綿のような春風の感触を、私はいまでも鮮明に覚えている。


私は、あらためてテーブルの上の薄紫色の花を見た。

この花を摘んで、麻美にプレゼントした建斗——。

かつて「二人の花」だった紫花菜が、いまは「家族の花」になったのかも知れない。

「忠彦くん」

麻美の声に、私はハッとした。

パパ、ではなく、昔の呼び方で呼ばれたのにも驚いた。

「え——、な、なに？」

麻美を見ると、なんだか意味ありげな感じで目を細めていた。

「なんか、懐かしいね」

もしかすると、麻美もいま同じ追憶のなかにいたのかも知れない。

「うん」

しみじみと私が頷いたとき、

「タダヒコくん！」

いきなり建斗がそう言ったものだから、私と麻美は顔を見合わせ、そろって吹き出した。そして、二人の笑い声に釣られて建斗も「あはは」と笑い出す。

ありふれた人生の、ありふれた休日――。

私は、胸のなかのほかほかとした温度を味わいながら、少しぬるくなった缶ビールを口にした。

うん、やっぱり美味しい。


夕方になると、ブロックで遊んでいた建斗がリビングの床で寝てしまった。

大の字になった小さな身体に、麻美がそっとブランケットを掛けてやる。そして、建斗を起こさないよう、囁《ささや》くように言った。

「さっきまで大はしゃぎだったのに、電源が切れたみたいにストンって寝ちゃったね」

「うん。昼間、公園で走りまわってたから、疲れたんじゃないかな」

私たちは建斗の側に膝を突き、両側からその幸せそうな寝顔を眺め下ろしていた。

「じゃ、わたし、そろそろ夕飯の支度をしちゃおうかな」

壁の時計を見て、麻美が言った。

「大丈夫？　俺でよければ作るよ。まだ惣菜も余ってるし、足りなければ、散歩がてら何か買ってきてもいいし」

「ううん。大丈夫。いまは具合がいいから。冷蔵庫の古くなってきた食材を使っちゃいたいし」

その言葉どおり、たしかに麻美の顔色は、さっきよりずいぶんと良くなっていた。

「そっか。じゃあ――、俺は洗濯物を取り込んで、畳んでおこうかな」

「ありがとう。ついでにお風呂掃除もお願いします」

「よろこんで」

小声で話した二人は、ふふふ、と笑って立ち上がった。そして、麻美はキッチンへ、私は小さな庭へと続く掃き出し窓の方へと向かった。

と、そのとき――、
サイドボードの上の電話が鳴った。

建斗を起こさないよう、麻美が慌てて受話器を取る。

「もしもし、山川です」

誰からだろう？

私が麻美を見ていると、「ああ、どうも。主人がいつもお世話になって。うふふ」と笑いながら、麻美も私を見た。

「はい、おりますので、少々お待ち下さい」

麻美が受話器の送話口を押さえながら「パパ」と呼んだ。

「誰？」

「檜山さん」

葵屋の浩之だ。

「檜山さんと話すの、久しぶりなんじゃない？」

と、こちらに受話器を差し出す麻美の目が笑っている。きっと浩之が、何か気の利いた面白いことでも言ったのだろう。

「うん。けっこう久しぶり。子機で取るよ」

私は、テーブルの隅に置かれた子機を手にして椅子に腰掛けると、通話ボタンを押した。

「もしもし」

「おっす。俺だよ。久しぶりだな」

相変わらず浩之は「陽」のエネルギーに満ちた声を出す。

「うん。ほんと、久しぶりだね。元気？」

「元気、元気。ってか、そっちは、どうよ？」

「おかげさまで元気だよ。真子ちゃんと愛ちゃんは？」

「うちの二人も相変わらずだよ」

「そっか」

私は、葵屋の人たちの顔を思い浮かべた。赤ん坊だった愛ちゃんも、建斗と同い年だから、ずいぶん大きくなっているだろう。

「それにしても、忠彦の声を聞くのも、一年振りくらいか？」

「うーん、もう少し経ってるかも」

私が最後に桑畑村を訪れたのが、たしか花見の日だったから――、かれこれ五年ほどが経っている。あれから時々は電話で話すこともあったけれど、最近は、すっかり疎遠になっていたのだ。

「マジかよ。男の友情なんて、そんなもんかね」

「あんまりベタベタするのも、アレだけどね」

私が言うと、浩之が「たしかに」と吹き出した。

「最近は、どう？　いい魚、釣れてる？」

毎週のように桑畑村に通っていた頃を懐かしく思いながら私が訊くと、そこで、なぜか浩之は声のトーンを下げたのだった。

「ああ……、じつは、まあ、そのことなんだけどさ」

「ん？」

そのこと――って？

浩之が、こんなふうにあらたまって釣りの話をするのも妙だ。もしや、葵屋を畳むとか、引っ越すとか、遊漁券を扱うのをやめるとか、そういう話をするのだろうか。

私は、少しばかり身構えて次の言葉を待った。

「うちの村の話……、お前、何も聞いてないのか？」

「え？　村の話？　って、誰から？」

「お前の会社から」

「うちの、会社？」

「うん」

浩之の言葉の意味を測りかねた私は、ちらりと麻美を見た。麻美は、少し心配そうな顔で私を見ていた。

大丈夫だよ——。

私は、ゼスチャーで麻美に告げてから口を開いた。

「いや、何も聞いてないけど……」

「そうか」

「え、なに？　どういうこと？」

磊落《らいらく》な性格の浩之が、こんなふうに回りくどい会話をするのはとても珍しい。何かうちの会社絡みでトラブルでもあったのだろうか？

私の心に、黒い不安のつぶてが転がった気がした。

「ええと、まあ、じつはさ……」

浩之は、言いにくそうにしゃべりはじめた。

「うちの村にな、レジャー施設を造ろうっていう話が持ち上がってるんだよ」

「えっ？」

思いがけない話に、私は目と口を開いたまま、一瞬、固まってしまった。

「こんなド田舎にだぞ。びっくりだろ？」

「え、ちょっ……、それを、うちの会社がやるってこと？」

「まあ、帝王建設だけじゃないんだけどな」

「ってことは……、もっと大規模な」

「ふう」と浩之は、深いため息をついて続けた。「それがさ、本当に、なかなかの規模なんだよ。国と県まで乗り出してきやがってさ」

「国と県まで？」

「うん」

「……知らなかった」

「やっぱり、そうだよな。忠彦から連絡がないってことは、知らねえんだろうって思ってたけど」

当然だ。もしも知っていたら、真っ先に浩之に伝えただろう。

「えっと、具体的には、どんな開発を？」

「聞いてビビるなよ。けっこうヤバいからな」

浩之は、無理をして明るめの声を出したけれど、受話器から伝わってくる声の重さに私は笑えなかった。

「うん……」

私が頷くと、一瞬、沈黙が降りた。

受話器の向こうから、ゆっくりとした呼吸音が聞こえてくる。

説明をはじめる前に、浩之は深呼吸をしたのだ。

その緊張感に、思わず私も深呼吸をしてしまった。

「真澄川を部分的に堰《せ》き止めて、大きな池を造ったり、河原をコンクリートで固めて親水公園とやらを造ったりして――、ようするに、清流で遊べるリゾート地を造るんだとよ」

「え……、そんなことしたら、そもそも清流じゃなくなっちゃうじゃないか」

「だろ？　とにかく、その企画、知れば知るほどひでえんだよ」

浩之いわく、大手デベロッパーを中心に進められているそのリゾート開発には、帝王建設以外の大手建設会社や電力会社、広告代理店なども関わっているらしい。もちろん、山奥のリゾートとなれば宿泊施設も必要となってくる。そこで手を挙げたのが、国内外のリゾート地に数多くの系列ホテルを持つ大企業とのことだった。

「そこまで大規模な開発にしては、ちっともニュースになってない気がするけど」

私は、素朴な疑問を口にした。

「地元の新聞には、小さく出てたよ。でも、それだけだ。そもそも、この企画の裏には与党の民自党サマと国土交通省サマがついてるから、報道は忖度《そんたく》してるんだろ」

「報道させないってこと？」

「ああ。いま、うちの村な、開発推進派と反対派に分かれて、揉めちゃって、大変なんだよ」

「つまり、そういう村の現状を知られたくないって？」

「そういうこと」浩之は、きっぱりと言った。「あとは、リゾートを管理運営する第三セクターを作るらしいから、そこを役人たちの天下り先にするんだろうな」

なるほど、と私は心で頷いた。

「そういうのも突っ込まれたくない、と」

「だろうな。つーか、そもそも、忠彦が知らないってことは、帝王建設の社内でも箝口令《かんこうれい》が敷かれてるんじゃねえのか？」

「いやぁ、うちは、そんな――」正直、箝口令だなんて、いまだかつて聞いたこともない。

「俺のいる部署は、総務部だから、そういう個々の現場に関する情報が回って来にくいのかも……」

私は、本音をそのまま口にした。

「まあ、一万人の大企業だし、部署によっては、そうかもな」

「あ、でも、まだ企画段階なら、立ち消えになるっていう可能性も――」

希望的観測を口にすると、珍しく、浩之が固い声をかぶせてきた。

「いや。それは、ないと思う」

「…………」

「忠彦が最後に釣りに来てから、わりとすぐにこの企画は持ち上がってさ、じつは、もう、けっこうなところまで進んじゃってるんだよ」

「じゃあ、もう、四年も、五年も――」

「うん。その間に、かなりすったもんだがあって、こっちは大変だったわけよ」

やれやれ、といった感じで嘆息した浩之は、すったもんだ、の中身を話してくれた。

「村長と漁協が結託して、その周囲を巻き込んだのが推進派のグループでさ、奴らはたっぷりの補助金をもらって村の高台に新しい住宅地を造って、みんなでそこに移り住めばいいって主張しているわけよ」

「補助金、か――」

「ああ、ようするに札束で頬を叩かれたってわけだ」

「………」

「真澄川をあちこちコンクリートで固めたり、堰《せき》を造ったりしちまえば、川の景観が『綺麗になる』し、大雨が降っても『安全になる』だってよ」

「綺麗になるって――、漁協が、そんなこと言ってるの？」

「そうだよ。信じられねえだろ？」

自然のままだからこそ、あの川の風景は「綺麗」なのだ。

「信じられない。しかも、堰なんて造ったら、魚が減るに決まってるのに……」

「そこなんだよ」浩之は、再び嘆息して続けた。「国立大学の博士サマとやらの主導で、環境アセスメントをやったとかでな。そしたら、その博士サマ、川に護岸工事をしようが堰を造ろうが、魚は減らないし、自然環境も生態系も、まったく問題ないって言いやがったらしいんだ」

「いや、そんな、馬鹿な――」

「馬鹿だと思うだろ？　でも、役人たちがそう言って、怪しい資料をこっちに押し付けてきたわけよ。で、俺たち反対派の方でも『日本水環境ネットワーク』っていうNPOに頼んで調査してもらったら、完全に真逆の結果が出てんの」

「どういうこと？」

「単純な話だったよ。向こうの博士サマは、政府と企業からカネをもらってんだ。破格の高値で『講演会』を請け負ったり、顧問料やら何やらで大枚を懐に入れてた。いわゆる――」

「御用学者、か」

私が先に答えた。

「そう。しかも、NPOいわく、大きな堰を造って水を貯めると、場所によっては地盤がヤバいっていうんだよ」

「地盤？」

「ああ。俺も詳しくは分かんねえんだけど、ざっくり言うと、粘土層の斜面の上に『地滑り土塊』ってのが載ってるらしいんだよ。で、雨が降ると粘土層の上に雨水が溜まって流れるせいで、その土塊が地滑りを起こしやすいんだと」

「それ、本当に危ないやつじゃ……」

「ってか、危ないどころじゃねえわけよ。その斜面のさらに上に盛り土をする予定になってんだぞ」

「そんな、無茶苦茶な……」

「だから俺たちは無理だ、危ないって、反対してんのに、向こうの別の博士サマは、地質を調べた結果『まったく問題なかった』だとよ」

「いや、だって、NPOの方でデータを取ってるんでしょ？」

「そのデータは、そもそも政府が持ってるデータなんだよ。もう、ずいぶん昔の話だけど、かつてこの村にダムを建設しようっていう話が持ち上がったらしいんだ。で、そのときも反対運動が起きて、NPOが色々と調べているうちに、政府が持っていたそのデータを見つけたんだって。で、あらためて、いま、政府にそのデータを出してくれって言ったら——」

「まさか、無い、とか？」

「正解。そんなもん、そもそも調べてすらいねえって言いやがった」

「嘘だろ……」

美しい桑畑村の風景を思い出しながら、私はつぶやいた。

「嘘だったら、どんなにいいか……」

深いため息のように言った浩之は、さらに続けた。

「半年くらい前だったかな、役人と大企業の責任者と御用学者たちが、ぞろぞろと村に来てよ、公民館で雁首そろえたんだ。で、奴ら、わざわざ『住民説明会』ってのを開いて、こんこんと村民たちに説明をしたわけよ」

「うん……」

「でもな、奴らの説明は、はじめから嘘八百だって知ってるんだよ、俺たちは」

「うん」

「だから、俺たち反対派も、買収されてない、心ある『本物の学者』たちを招いて、正しい学術資料を提示して、きっちり反論したんだ」

「うん」

「そしたら、どうなったと思う？」

「…………」

まったく想像がつかない私は、思わず黙ってしまった。

「なんと、それで終わり」

「終わり……って？」

「ようするに推進派の連中はよ、我々はきちんと時間を作って『丁寧な説明』を致しました。しかも、反対派の皆様の『ご意見も伺いました』ので、それを参考にさせて頂きます——だって」

「え、どういうこと？」

「すでに住民に説明もしたし、意見も聞いてやった。我々はやるべきことをやりました。だから推進します。以上——ってことらしい」

「信じられない……」

「だろ？　でも、大規模な公共工事は、どこもこんな感じで強引に進められるって、ＮＰＯの人たちが怒ってたよ」

「………」

「連中がしきりに言ってる『大雨が降ったときに下流域で水害が起きないよう池を造る』っていう理由も、完全に取ってつけた嘘っぱちなんだ。なにしろ、記録に残っている限り、これまで真澄川が氾濫して下流域で水害があったなんて話、どこにもねえんだからさ」

最初は淡々としゃべっていた浩之の言葉が、徐々にヒートアップしてきた。その声色で、どれほど腹に据えかねているのかが私にはよく分かった。

「ひどいにも、ほどがあるね」

「ったくよ、おかげで、ずっと平和だった村が、ギスギスしちまって……」

浩之は、今日、何度目かのため息をこぼした。そして、それは、悲しみ、怒り、悔しさ、やるせなさ――、そういった負の感情を凝縮させたような重たいため息だった。

私は、キッチンで料理をしている麻美をちらりと見た。

麻美は、料理に集中しているようだ。

「なんて言うか……」私は、キッチンに背を向けると、少しかすれた声で言った。「ごめん……」

「は？　いや、違うって。別に、俺は、忠彦を責めてるんじゃねえぞ」

少し慌てたように浩之が言う。

「うん。分かってる。それは、分かってる――けど」

「けど、の続きは、いいよ。言うなよ、そんなこと」

それから少しのあいだ、私も浩之も言葉を発しなかった。受話器のなかで、重苦しい空気が渦巻いた。

そして、その空気と似た感じの声を浩之が発した。

「なあ、忠彦」

「ん？」

「お前は、反対派だよな？」

「え――」

「まさか、推進派ってことはねえだろ？」

ゆるい踏み絵だ、これは。

これまで勤めてきた会社の看板を、お前は踏めるのか？

浩之は、そう問いかけている。

「心は――、反対派だよ」

私は、苦しみながらも、精一杯、誠実な言葉を返したつもりだった。しかし、浩之は、それでは許してくれなかった。

「心は反対派。でも、所属は推進派。そういうことか？」

「………」

私は、返す言葉を失った。

胸のなかに転がった不安のつぶてが、いつしか罪悪感の黒い熱となり、とぐろを巻きはじめ――、私は息苦しさを感じていた。

思わず、ごくり、と唾を飲み込む。

そして、黒い熱を吐き出したくて深呼吸をした。

と、浩之が、少し声色を軽くして言った。

「悪《わ》りぃ。ちょっと、言いすぎた」

「………」

「でも、駄目もとで、忠彦に頼みがあるんだ」

踏み絵の次は、頼みごと――。

私は、黙ったまま少し身構えた。

「社内で、掛け合ってみてもらえねえかな」

「え――？」

「開発、やめてもらえないかって」

「いや、俺に、そんな――」

力は、無いよ。

「ふつうに考えたら無理だってのは分かってる。でも、駄目もとでいいんだ。少しでも内側から『いい風』を吹かせてもらえたら」

「…………」

そんなの、いくらなんでも無茶振りだ。

「頼むよ、忠彦」

「でも……」

「俺たちの大切な遊び場が、真澄川が潰されちゃうんだぞ。将来、建斗くんと一緒に釣りするのが夢だって言ってただろ？」

「…………」

私は、すやすやと寝息を立てている息子の顔を見た。

「なあ、お前の力で工事を止められなくても、せめて社内の人に多少の疑問を持ってもらうとか、嘘にたいしての罪悪感を抱いてもらうとか、それくらいでもいいんだ。っていうか、それで充分だから」

「…………」

「頼む、忠彦。この通り。俺は、この村を守りたいんだよ」

これまで聞いたことのない、真剣な浩之の声――。

私の脳裏には、受話器をきつく握りしめた浩之の苦しげな表情がありありと浮かんでいた。

と、その刹那――、浩之の背後から別の声が聞こえてきた。

「忠彦くん、お願いします」

「おねがいします」

それが真子ちゃんと愛ちゃんの声だと気づいたとき、私は胸の奥から込み上げてくる熱の塊を感じた。そして、それを言葉に変えた。

「とりあえず、社内の関係者に話してみるよ」

一瞬、受話器のなかに沈黙が降りた。

そして、浩之が先に口を開いた。

「えっ――、本当か？」

「うん……」

「マジかっ！　ありがとう、忠彦！」

「いや、でも――、あんまり期待しないで欲しいっていうか……」

「おう。分かってる。お前の釣果みたいに、まったく期待しないで待ってるよ」

浩之が、久しぶりに軽口を叩いた。

浩之の後ろからも、ありがとう、の声が聞こえてくる。

心は反対派。でも、所属は推進派――。

私の脳裏に、さっきの浩之の言葉がこだました。

ふと背中に視線を感じて、ゆっくり振り返ると、キッチンで料理を作る麻美と目が合った。

おたまを手にした麻美が、無言で微笑みかけてきた。

私も頬の筋肉を動かして微笑み返そうとした。

でも、あまり上手には笑えなかった。


「は？　桑畑村のリゾート開発についての情報を知りたい？」

「うん。久坂《くさか》の知ってる範囲でいいんだけど」

「なんだよ、久しぶりに山川が飲みに誘ってくれたと思ったら、そんな話かよ」

会社の最寄り駅から電車で四駅。少し寂れた街の路地にある焼き鳥屋のカウンターで、同期の久坂龍臣《たつおみ》は拍子抜けしたような顔をした。しかし、よほど空腹だったのか、右手には焼き鳥、左手は生ビールのジョッキを握っている。

「ごめん。でも、こんな相談ができるの、久坂しかいなくてさ」

私は正直に言って頭を下げた。

「おい、やめろって。なんか、俺がいじめてるみたいじゃん」

久坂に言われて、私はゆっくりと顔を上げた。

「仕事が忙しいのに、急にこんな話に付き合わせちゃって、ほんと申し訳ない」

事実、営業本部の若きエースの一人として久坂が活躍しているという噂は、あちこちから聞こえてくる。総務部の私とは違って久坂は残業も多く、ときには家に帰れない日すらあるらしい。

「オッケー。じゃあ、申し訳ないと思うなら、ここは山川の奢《おご》りな」

そう言って久坂は、悪戯っぽく笑ってくれた。

「もちろん、俺が払うよ」

「うっし。んじゃ、たらふく飲み食いさせてもらおっと」

久坂は笑いながら左手のジョッキを掲げた。私もジョッキを手にして、それをコツンとぶつけた。

「同期の密談に、乾杯だな」

「密談って……」

「だってお前、内輪の人間に聞かれたくないから、わざわざ会社から離れたこの店にしたんだろ？」

あっさり図星をついて、久坂はビールで喉を鳴らした。

「まあ、正直、それもあるけど」

「なんだよ、他にも理由があんのか？　この店の焼き鳥が美味《うま》いからってか？」

「……その両方、かな」

ちょっと困った顔をした私を見て、久坂はくすっと笑った。

「まあ、たしかに、この店の焼き鳥、なかなか美味いけどな」

久坂は満足そうにつくねを頬張って続けた。

「で、ええと、桑畑村のリゾート開発だっけ？」

「うん」

「最初に言っとくけど、俺は直接の担当じゃないから、具体的な情報は何も持ってないぞ」

「うん。でも、ほら、総務の俺よりは——」

「そこだよ」久坂が言葉をかぶせた。「なんで総務のお前が、リゾート開発の情報を知りたいのか。まずは、その理由から話してもらおうかな」

「まあ、そうだよね」

素直に得心した私は、軽くビールで喉を湿らすと、とりあえず自分と桑畑村との出会いを皮切りに、順を追って話しはじめた。そもそもは渓流釣りで村を訪れたこと。浩之と出会い、仲良くなったこと。今回のリゾート開発には国や県が絡んでいること。穏やかだった村民たちが推進派と反対派に分かれ、対立してしまったこと——。

その間、久坂は、ビールと焼き鳥をせっせと胃に流し込みながら「なるほど」「へぇ」「うんうん」と頷き、私の言葉に耳を傾けていた。

やがて、大まかな前置きを話し終えると、私は、念のため、ちらりと周囲に視線を走らせた。

そして、少し声を低くした。

「で、ここからが、ちょっとヤバい話なんだよ」

「ヤバい話？」

久坂はジョッキを置いて、真顔で私を見た。

「うん。じつはさ、一昨日、桑畑村の浩之から久しぶりに電話がかかってきたんだけど——」

それから私は、村の斜面に「地滑り土塊」があることや、その地質のデータが政府によって隠蔽されたこと。住民説明会が開かれたものの、それは推進派のポーズでしかなかったこと。さらに環境アセスメントを担当した大学教授が、いわゆる「御用学者」であることなど、浩之から聞いたダークな情報を久坂に吐露した。

「まあ、だいたい、こんな感じかな。ふう……」

ひと通り話し終えたとき、私は深いため息をこぼしていた。うっかり、電話の向こうから聞こえてきた浩之の切実な声を思い出してしまったのだ。

しかし、私の話を聞いた久坂は、とくに表情を変えるでもなく、「なるほどなぁ。で？」と先を促した。

「え？」

「だから、その先は？」

「ああ、えっと、だから、その浩之って友達が、できれば村の開発を止めて欲しいって」

「山川に頼んできたの？」

「うん……」

「で、引き受けたお前は、とりあえず俺から開発にまつわる情報を仕入れようってか？」

「まあ、うん。そういうことになるかな」

頷きながら私は、自分がいかに無茶なことを言っているのかを再確認させられたようで、思わず語尾に「もちろん、駄目もとだけど」と付け加えていた。

「なあ、山川」

「ん？」

「お前、ようするに、巨悪と戦う『正義の味方』をやりたいわけ？」

「いや、そういうわけじゃ……」

「じゃあ、男同士の友情を守るためにってか？」

「…………」

私は、すぐには答えられなかった。でも、たぶん、それがいちばん理由としては近い気がする。もしくは、浩之とその家族に失望されたくない、という自己擁護のためかも知れないけれど。

「山川さぁ、俺、お前のこと嫌いじゃないし、同期のよしみもあるから、はっきり言うけど」

「うん……」

「どう考えても無理だよ。やめとけ」

「…………」

「お前がいくら社内で頑張ったところで、すでに動き出してる巨大ビジネスを止められるわけがないし、ちまちまと推進派のダークな情報を集めたって無駄にしかならないから。正直、一匹のアリが、ゾウの群れに歯向かおうとしてるようなもんだぞ」

まあ、そうだよな——と、心の真ん中で思いつつ、しかし、私の唇は「でも」と動いていた。

「でも、なんだよ？」

「現状のまま開発を進めたら事故が起こるかも知れないし、そうなったら、むしろ、うちの会社にも損害が及ぶんじゃ——」

「それ、地滑り土塊のこと？」

「うん」

「あのなぁ――」と、久坂は呆れ顔をした。「いくらうちの会社だって、そんな危険な情報を無視したまま開発を進めるわけねえだろ？　工事に取り掛かる前に、きっちり問題の土地の地盤を補強するなりして、それから本格的な工事を進めるに決まってんじゃん。一応、プロ集団なんだからさ」

久坂の言葉はもっともだ。

「まあ、そうだよな……」

「それにさ、お前はクソまじめだから、推進派のやり方が汚いとか非道だとか、そんなふうに思ってるかも知れないけど、はっきり言って、営業本部にいたら、そんなの珍しくも何ともない『公然の噂』って感じでスルーされる案件だぞ」

「え？　事実なのに『噂』っていう理解になっちゃうわけ？」

「いやいや、だからさ――、そういうダークなところには、あ・え・て、誰も突っ込まないんだってば。日光東照宮の三猿だよ。ワタシは見てません。聞いてません。だから言いませんって。それでも突っ込んでくる奴がいたら、まあ、その『噂』はどこかで聞いたことがあるような……でも、知らないなぁって、うやむやにすんの。まあ、上への忖度だよ、忖度」

「上、か。はあ……」

具体的な顔の浮かばない「上」とやらを想って、私は肩を落とした。

「あはは。子供じゃないんだからさ、そこで本気のため息をつくなって」

久坂は苦笑しながら続けた。

「ってか、山川さ、お前、そもそもうちの会社の創業者を誰だと思ってんのよ?」

「創業者?」

「そうだよ」

「ええと、たしか……」私は、記憶を辿って、ひとつの名前を引き寄せた。「光村兼良《みつむらかねよし》さん——だっけ?」

「正解。ってことは? その名前の意味、分かるよな?」

久坂は謎かけをしてビールを飲んだ。

「名前の意味? ちょっと……分かんないけど」

「おいおい、嘘だろ」

「……………」

少し小さくなった私を見て、やれやれと眉をハの字にした久坂は、まるで出来の悪い小学生に教えるような口調で言った。

「いいか? 光村兼良ってのは、民自党の内閣官房長官、赤木正勝《あかぎまさかつ》の義理の兄だろうが」

「え、そうなの?」

赤木正勝といえば、建設族議員として知られる老獪《ろうかい》な議員だ。

「お前、そんなことも知らねえのかよ。ったく、どこまでお子ちゃまなんだよ」

久坂は、呆れを通り越して、焦《じ》れったそうに眉をひそめた。

「……………」

「それに、ちょっと考えてみろって。うちの本社の役員と子会社の役員のうち、何人が天下り官僚サマだと思ってんだ？」

「まあ、そこそこの数は……」

「だろ？　ってことは、つまり、『庶民から吸い上げた血税を分配する』っていう絶対的な権力を持った与党の議員サマと官僚サマたちと、うちは創業当時から持ちつ持たれつなわけ」

「…………」

「彼らから税金をドーンと投入できる仕事をもらって、俺らは儲けさせてもらってんの。分かるだろ？」

「まあ、うん……」

「そうやって、うちの会社は急成長してきたんだからな。しかも、うちの会社くらいの規模になると、海外の政府ともそうやって仲良くしてるわけよ」

「仲良く、か……」

「そう。仲良く、だよ。シンプルに考えて、仲良しってのは、いいことだよ。お互いにメリットしかないんだから」

清濁併せ呑んだ久坂の台詞が、少し遠くから聞こえたように感じて、私は、気づかれないよう小さく嘆息した。

「なあ、山川」

「ん……？」

「お前、そろそろ大人になって現実を見ろよ。っつーか、現実を受け入れろって。うちに限らず、この業界は、昔からそうやって回ってんだからさ。公共事業って名のもと、政府からうちにカネが落ちてくることで、その一部が下請けに回って、さらにその下請けにも巡っていって、結果、日本経済を動かす原動力になってるんだし。そう考えれば、企画の動かし方に多少ダークな部分があったって目をつむれるだろ」

「………」

「お前が一人で正義を振りかざしたって、世界は一ミリも変わらないわけだし」

脳裏に浩之と真子ちゃんと愛乃ちゃんの顔がちらついた。

「一ミリも、か……」

どんよりとした胸のなかはざわつくのに、しかし、ぐうの音も出ず、じっと口を閉じている私を見て、

「ってか、えっ？　まさか、お前、本気で変えられると思ってんの？」

久坂は、むしろ心配そうな表情を浮かべた。

「いや、そんなことは――」

と言いかけたとき、再び脳裏に浩之の笑顔がちらついて、私は口をつぐんだ。

「だよな。よかったぁ。いま俺、一瞬、山川の頭が壊れちまったのかと思ったよ」

そう言って久坂は私の肩をポンと叩くと、ホッとしたように笑った。

ははは……と、私も空笑いで応えた。

「大将、すみません！　レバーと、ぼんじりと、ハツ、それと生ビールを追加で！」

久坂が、いつもの陽気な声を上げた。

「山川、お前は？」

「いや、俺は、まだ大丈夫……」

そう言って私は、まだ、ほとんど減っていないジョッキに口をつけた。泡の消えたぬるいビールは苦いばかりで、じりじりと私の胃のなかを重たくした。


二日後の朝――。

通勤途中のサラリーマンで溢れたオフィス街は、ねっとりとした霧雨に濡れていた。大きめの傘をさしていたにもかかわらず、私のスーツは胸まで濡れてしまった。

やれやれ、嫌な雨だ……。

胸裏でつぶやきながら、いつものように私は本社ビルへと入っていった。

エントランスの先には六つのエレベーターがあり、そのドアの前では、すでにたくさんの社員たちがエレベーターの到着を待っていた。

私は、なんとなく、彼らのなかに知った顔はないかと視線を彷徨《さまよ》わせた。すると、でっぷりと太った大柄な男の背中が目についた。短く刈った髪はロマンスグレー。隣にいる若い女性と何やら笑いながら会話をしている。

もしかして――。

私は、その男の方へと近づいていった。やがて横顔が見えたとき、予想が確信へと変わった。間違いない。この人は、久坂の上司、営業本部長の宮口《みやぐち》さんだ。

入社以来、一度も会話を交わしたことはないが、社内でも飛び抜けた実績を上げ続けている有名人だから、私でも顔くらいは知っていた。久坂いわく、宮口本部長はユーモアのセンスがあり、コミュニケーション能力が極端に高い人らしい。なにしろ取引先の担当者になった人たちは、老若男女問わず、みな一瞬で宮口本部長の虜《とりこ》になってしまうというのだ。ただし、彼のにこやかな表情の裏側には、常にいくつかの「別の顔」が隠されていて、しかも、人知れず社内で政治力を発揮するタイプなので、「じつは、いちばん怖い人」だと久坂は評していた。

ポーン。

電子音が鳴り、宮口本部長の前のエレベーターのドアが開いた。

どうしよう……。

一瞬、逡巡した私は、しかし、すぐに肚《はら》を決めた。

「ちょっと、すみません。乗ります」

小声で言いながら、やや強引に人混みをかき分けた私は、宮口本部長と同じエレベーターに乗り込み、その右隣に立った。

エレベーターのドアが閉じる。

耳の奥で自分の鼓動がドクドクと跳ねていた。緊張に押し潰されそうになった私は、しかし、脳裏に浩之一家の顔を思い描いて自分を奮い立たせた。

「あ、あの――」

と声をかけると、それまで女性と会話をしていた宮口本部長が私を振り向いた。

「ん？」

大柄な宮口本部長は、誰？　という顔で私を見下ろした。

「おはようございます」

「え？　ああ、おはよう。君は、ええと、たしか――」

「総務の山川と言います」

私が名乗ると、宮口本部長は「ああ、総務の」と苦笑いをした。話しかけられたのに、相手の顔と名前が分からず気まずいのだろう。

「はい。宮口本部長とは、はじめてお話しさせて頂いてます」

「ああ、やっぱり、そうだよねぇ。あはは」

「すみません。急に」

「いや、それはいいけど。私に、なにか？」

宮口本部長は、噂どおりの魅力的な笑顔で私を見下ろした。

「じつは、宮口本部長にご相談、と言いますか、少し伺いたいことがありまして」

「私に？　なにを？」

私は、ちらりと周囲を見回した。静かなエレベーターのなかだけに、そこに居合わせた全員が、私と宮口本部長の会話に耳をそばだてている気がした。

「ええと、ほんの一分だけでいいので、この後、お時間を頂けませんでしょうか？」

「この後？」宮口本部長は、きょとんとした目をしたが、すぐに真顔に戻って腕時計を確認した。「まあ、うん。一分なら遅刻はしないね。じゃあ、八階で降りようか」

「ありがとうございます」

やがてエレベーターは八階に着いた。宮口本部長は、一緒に降りた女性に「先に行ってて」と声をかけると、自販機のある窓辺の休憩所へと私を誘った。

「私はブラックのコーヒーを飲むけど、君も何か飲む？」

言いながら宮口本部長は、自販機に小銭を入れはじめた。

「あ、いえ、私は結構ですので」

「あはは。遠慮はいらないよ」

と、ソフトに笑いかけられたので、私は、断るのもむしろ悪い気がした。

「では、私も同じものをお願いします」

「了解」

やがてブラックの缶コーヒーを二つ手にした宮口本部長は、「で、私に相談って？」と言いながら、一つを私に手渡した。

「ありがとうございます」

受け取った私は、大柄な宮口本部長を見上げた。久坂の上司は、窓の外に広がる霧雨に濡れたビル街を眺めながら、恵比寿さまを思わせるにこやかな表情でコーヒーを飲みはじめた。

「じつは、桑畑村のリゾート開発の件なんですけど」

私が切り出すと、宮口本部長は、ゆっくりと振り向いた。そして、やわらかな笑みを浮かべたまま、少し低い声を出した。

「ほう。総務の君が、どうしてそんなことを？」

「ええと……」

久坂に話したように、前置きから説明をしていたら、とてもじゃないが一分では足りない。だから私は、単刀直入に結論から話すことにした。

「できれば、あの村の開発を見直して頂けたら、と思いまして……」

すると、宮口本部長の目からすうっと温度が消えた。顔は微笑んでいるのに、目は怜悧《れいり》に光っているのだ。

「つまり君は、あの開発を中止しろと、私に進言してるわけ？」

ひんやりとした目にまっすぐ見詰められた私は、心の内側に苦い毒を塗られたような怖さと不気味さを感じた。

「あ、いえ。進言だなんて、そんな大それた……」

「違うの？　じゃあ、どういうことかな？」

「ええと――、開発の企画が見直される可能性はあるのかどうか、その辺が、ちょっと、気になっていまして」

宮口本部長は、あらためて私を見た。頭のてっぺんからつま先まで、舐めるように確認していく。

「何度も聞き返して悪いけど、君は、総務の――、ええと」

「山川……です」

「そう。山川くんだったね」

「はい」

「約束の一分は過ぎたけど、まだ続けるのかな」

宮口本部長は、霧雨のような粘っこい視線を私から外すと、再び窓の外を眺めてコーヒーをひとくち飲んだ。その横顔を見上げながら私は恐るおそる言った。

「できれば、あと、ほんの少しだけ、よろしいでしょうか」

宮口本部長は、何も言わず薄墨色の空を見上げた。そして、苦々しいため息のように、小さくつぶやいた。

「朝っぱらから、嫌な空だよねぇ」


午後一時――。

社員食堂でランチを食べ終えた私が自分のデスクに戻ると、ふいに背後から肩を叩かれた。

「山川、ちょっといいか」

驚いて振り向くと、直属の上司である総務部長の合田《あいだ》が難しい顔で立っていた。

「え？　あ、はい」

「会議室な」

顎で背後を指し示した合田部長は、そのまますたすたと大股で会議室へと入っていった。

私も慌ててその背中に続いた。

合田部長は、強面《こわもて》でがらっぱちな人と見られがちだが、性格はさっぱりとしていて裏表がなく、「根はいい人」で通っている。そんな人が、いまみたいに言葉少なに顎で部下を呼び出すのは珍しい。

これは、かなりまずそうだな——。

私は緊張で首をすくめながら、「失礼します」と会議室の扉を開けた。

「そこ。ブラインド、下ろして」

すでに椅子に腰掛けていた合田部長が、私に指示した。

ただならぬ二人の様子を、総務部の同僚たちがガラス越しに見ているのが気になるのだろう。

「はい」

私は、言われるままにブラインドを下ろし、外から会議室のなかを見られなくした。

「座って」

「はい……」

神妙な面持ちで、私は合田部長の正面の椅子に腰掛けた。

「山川」

「はい」

「お前、もう自分が何を言われるか、分かってるよな？」

そう言って、合田部長は腕を組んだ。

「……なんとなく、ですけど」

「ってことは、最初から問題になると分かってて、お前は宮口本部長に声をかけたってことか？」

「すみません……」

私は頭を下げた。

「はあ……」と、深いため息をこぼした合田部長は、貧乏ゆすりをはじめた。「さっき、いきなり宮口本部長から内線がかかってきて、一緒にランチをって誘われたんだよ」

「はい……」

「そんなの、はじめてだからさ、もしかして、俺を営業に引っ張ろうとしてくれてんのか？なんて、勘違いしちまったよ」

「………」

そういえば以前、合田部長と飲んだとき、「俺、本当は、総務じゃなくて、営業に戻りたかったんだ」と、ボヤいていたのを思い出した。

「で、いざ、ランチに同席したら――」

「………」

「まさかの、お説教ときた」

「すみません」

「宮口本部長、お前の素性をあれこれ訊きまくってよ、しまいには何て言ったと思う？」

「分かりません……」

私は、うつむき加減で首を横に振った。

「お前のこと、あの山川という男は、社内の危険分子じゃないのか――だってよ」

「そんな……」

「そんな、じゃねえだろ」

「…………」

「言っとくけど、俺は必死に庇《かば》ってやったんだからな。そしたら、あの人、『つまり君は、部下の教育が苦手だってことかな？』なんて、ねちねちと三〇分も嫌味を言い続けてよ」

「…………」

「なあ、山川」

「はい」

「お前、いったい宮口本部長に何を言ったんだよ？」

「え……、本部長からは、何も聞いてないんですか？」

「俺が訊いても、ざっくりとしか教えてくれねえんだよ。だから、いま、ここで、お前がすべて話せ。ちゃんと、具体的にだぞ」

「ええと……」

「なんだ」

「宮口本部長が教えなかった――ということは、もしかして合田部長に知られたくない、ということでは……」

「だろうな。でも、俺には知る権利がある。そうだろ？」

そう言って合田部長は、フン、と鼻を鳴らした。ようするに、理由をちゃんと知らされないまま嫌味だけ言われ続けたことに腹を立てているのだろう。

「分かりました……」

すでに意気消沈している気の小さい私は、いったん大きく息を吸ってから、今朝の宮口本部長とのやり取りを具体的かつ丁寧に、合田部長に伝えた。

　説明の途中、推進派のやり口には明らかに問題があって、とりわけ「地滑り土塊」の情報を隠したりするのは危険だし違法ではないかと伝えた——、という話をしていると、合田部長は「なるほど。そういうことか」とつぶやいた。

　そのつぶやきに理解を得た気がした私は、思わず「やっぱり部長もまずいと思いますよね？」と、少し身を乗り出したのだが、それも一瞬で出鼻をくじかれてしまった。

「阿呆か、お前。今度は俺を説得しようってか？」

「あ、いえ、そういうわけでは……」

「ふう……。俺はさ、お前のこと、性格は穏やかだし、つまらん問題は起こさないタイプの男だと思ってたよ。仕事だって、ちょっと神経質なくらい完璧にこなすし、遅刻もしないし、新人の面倒もよくみてくれる。それが、どうした？　いきなり、お偉いさんに直訴だなんて」

「すみません……」

「しかも、国を巻き込んだプロジェクトを中止にして欲しいだ？　お前、自分を何様だと思ってんだ？　阿呆なのか？」

　たしかに阿呆だとは思う。でも——。

　うつむいたまま私が黙っていると、しゃべりながらどんどん苛立《いらだ》ちをヒートアップさせてきた合田部長が、急に声のトーンを下げた。

「いいか、山川。その桑畑村とやらのリゾート開発の企画はな、そもそも宮口本部長が発案して、それから何年もかけて自治体や各省庁に働きかけて、やっとモノにした肝いりの大事業らしいぞ」

「え……」

それは初耳だった。今朝、宮口本部長は、そのことを私に黙っていたのだ。

「それを、お前は――。首にされたいのか？」

「いえ、まさか」

「じゃあ、どこか途上国に左遷されたいか？」

その言葉を聞いたとき、私の脳裏に、妻の麻美と息子の建斗の笑顔が思い浮かんだ。

「いいえ……」

「ったく――、はあ」

自分を庇ってくれた上司が、魂ごと吐き出してしまいそうな深いため息をついた。

私は、心から申し訳なく思えてきて、椅子から立ち上がった。そして、深く頭《こうべ》を垂れた。

「今回は、自分ごとのために出すぎた真似をしました。本当に、すみませんでした」

「はあ……」

再び合田部長のため息がこぼれた。

でも、それを機に、合田部長の貧乏ゆすりは止まった。

会社から帰宅した私は、心労が顔に出ないよう心を砕きながら、いつものようにリビングで家族との夕食を終えた。

そして、ダイニングテーブルからソファーに移り、建斗と一緒にテレビのバラエティ番組を見て笑っている麻美に、さりげない口調で声をかけた。

「あ、そういえば俺、仕事の電話をしなくちゃいけないんだった」

「えー、珍しいね」

と振り返った麻美の顔には、笑みが浮かんでいる。

「まあね。ここだとテレビの音もあるし、寝室でかけようかな」

言いながら私が電話の子機を手にすると、麻美は「うん、ありがとう」と笑みを深めた。

リビングを出た私は、「ふう」とひと息ついてから、二階の寝室に入り、ドアを閉めた。麻美につまらない嘘をついていることで少しばかり胸が痛むが、妊娠中の妻に余計な心配をかけるべきではない。

私は、自分にそう言い聞かせると、手にした子機を見下ろした。そして、重たい指で、葵屋の電話番号をプッシュした。

コール音が二度鳴ったとき――、

「はいもしもし葵屋の檜山です」

可愛らしい女の子の声が聞こえた。

電話に出たのは愛ちゃんに違いない。

「もしもし、山川ですけど、愛ちゃんかな?」

「うん、愛ちゃんだよ」

自分のことを愛ちゃんと呼ぶのも可愛らしい。

「そっかぁ。ちゃんと電話に出られて偉いね」

「うん」

「お父さんに替わってくれるかな？」

「うん、いいよ」と言った愛ちゃんは、受話器を口から離して「おとうさーん！」と浩之を呼んだ。

「はいはいはいはいはい……、誰から？」

遠い浩之の声が電話機に近づいてくる。

「えっとねぇ、やま――、あれ？　忘れちゃった。あははは」

屈託のない愛ちゃんの笑い声。

「はい、もしもし葵屋です」

電話を替わった浩之の声がした。

「俺だよ」

「え――？」

「俺、俺」

「あぁ、なんだ、忠彦か」

「正解」

「焦った。一瞬、ヤバい奴かと思ったよ」

浩之は軽く笑った。でも、すぐに声を少し固くした。

「お前から連絡が来るってことは」

「うん……」

受話器と受話器のあいだに、小さな緊張が走った。

「なにか、そっちで進展があったのか?」

進展――。

その単語に、あらためて私は、浩之からの期待の重さを感じてしまった。

「あ、ええと――」

「うん」

「俺の同期で、営業をやってる奴に相談したり、営業本部長っていう肩書きの、かなり偉い人に直訴してみたりしたんだけど」

そこで私は、いったん間を置いて、息を吸った。しかし、吸った空気を言葉にする前に、浩之が短い言葉をこぼした。

「やっぱ、駄目だったか」

「ごめん。力になれなくて……」

受話器の向こうから、ほんのかすかな、ゆっくりとした呼吸音が聞こえてきた。浩之は、そっと深呼吸をしたのだ。

そして――、

「まあ、うん。しゃあねえよな」

浩之は、いつも以上に明るい声を出した。

「………」

「ってか、お前、偉い人に直訴までしてくれたのかよ」

「まあ……」

「社内でのお前の立場は大丈夫なんだよな?」

久坂の呆れ顔。

宮口本部長の怖い視線。

合田部長の落胆。

危険分子。首。途上国。左遷……。

「俺は、大丈夫だよ」

「そうか。ならよかった」

「浩之……」

「なんだよ、お前がそんな声を出すなって。こっちが無理を言って、駄目もとなことをさせたんだからさ。むしろ、色々と動いてくれて、ありがとな、ほんと」

浩之の言葉の明るさが、逆に、私の胸に疼痛《とうつう》を抱かせる。

「………」

「それより忠彦」

「ん?」

「真澄川が『生きてる』うちに、また、釣りしに来いよ」

「え――?」

「正直言うとさ、このところ反対派の旗色がどんどん悪くなってるんだ。我が村の誇る美しい自然がぶっ壊される前に、俺としては、またライバルのお前と釣りをしておきたいわけよ」

浩之が冗談めかしたように言えば言うほど、その言葉の裏側から、やり切れない悲しみが滲み出てくる。

「そっか。分かった。行くよ」

「いつ、来る？」

「えっと……、仕事の都合がついたら、かな」

「オッケー。んじゃ、待ってるからな。日程が決まったら連絡くれ」

「了解」

「絶対だぞ。男の約束だからな」

「分かってるよ」

私たちは、少し淋しい感じで笑い合いながら通話を終えた。

浩之との「男の約束」を果たすべく、私が桑畑村へと向かったのは、それから季節が二つ移ろった九月のことだった。

その間に我が家は四人家族になっていた。

麻美が無事に女の子を出産してくれたのだ。

名前は――、里奈《りな》。

出産時の里奈の体重は、未熟児ぎりぎりで、少し心配したのだが、その後は、お乳もよく飲み、体重も順調に増え、すくすくと成長してくれている。

出発当日の午前中、私は建斗が通う幼稚園の「お父さん会」に顔を出した。園児たちが楽しみにしている「秋の芋掘り体験会」に関する打ち合わせのためだった。そのせいで出発が午後になってしまったのだが、ありがたいことに高速道路は思ったよりも空いていた。当初は、夕暮れまでには到着して、竿を振りたいと考えていた私だが、いまさら急いだところで到着時刻はたいして変わらない。ということで、私はカーステレオでお気に入りの音楽を聴きながら、久しぶりのロング・ドライブをのんびりと愉しむことにした。

やがて車は街を抜け、深緑色の山あいへと入っていく。

すると、それまで高かった秋の空が一気に低くなり、視界の上半分が薄墨色の雲に覆われた。天気予報によれば、今夜は強い雨が降るものの、夜明け頃には回復するらしい。

もうしばらくは、降らずに持ちこたえてくれよ――。

そんな私の願いも虚《むな》しく、高速を降りるのとほぼ同時に、ぽたぽたとフロントガラスに雨粒が落ちてきた。

そこから先は九十九《つづら》折りの山道だ。

降り出した雨は、標高が上がるにつれて強くなった。私はワイパーをフル稼働させながら、さらに山の奥へ、奥へ、と車を走らせた。

そして、数年振りに「ようこそ清流の里　桑畑村へ」という看板を目にしたとき、私は懐かしさのあまり、思わず「帰ってきたなぁ……」と、ひとりごとを口にしていた。しかし、その後は、むしろ、じわじわと胸の底に気鬱を沈殿させていくドライブとなった。なにしろ村内のあちこちでダンプカーや工事車両を見かけるし、削られた山肌や、赤土が盛られた川原を目の当たりにすることとなったのだ。川沿いのガードレールには「リゾート建設反対」と書かれた横断幕が張られていたが、すでにその文字は悲しいほどに色褪せていた。雨に打たれた横断幕は一部が破れていて、なんだか、書かれた主張そのものが力を失っているようにも見えた。

雨に煙る小さな集落には、鬱々とした寂寥《せきりょう》が満ちていた。

昨夜、電話で浩之から聞いてはいたが、補助金をたんまり受け取った推進派の村民たちは、移転先として指定された台地に新たな家を建て、さっさと引っ越してしまったのだ。

もともと小さな集落なのに、そこからさらに住民が減ってしまったのだから、そのインパクトは大きい。

かつて私がライカで幾度も撮影した、あの穏やかで豊麗な「古き良き日本の風景」は、いま、捨て置かれた廃墟を思わせるような仄暗《ほのぐら》い空気を漂わせているのだった。

かつて定宿にしていた「かえで旅館」に着いたのは、日暮れ寸前だった。

チェックインを済ませた私は、部屋に荷物を置くなり浩之に電話をかけて、無事の到着を知らせた。

「おう、やっと着いたか」

「うん」

「それにしても、ずいぶんと遅かったな」

「じつは、午前中にさ、建斗の幼稚園の保護者の集まりに顔を出さなくちゃいけなくて、それで出発が遅くなったんだよ」

「ああ、そりゃ大変だったなぁ」

「まあね」

「今日、ご家族は、どうしてんの？」

「うちの嫁さんの実家にお泊まりしてるよ」

「そうか。孫の顔を見られて、爺ちゃん、婆ちゃんは大喜びだろうな」

「そうだね」

「で、この後は、どうする？」

「ん？」

「うちに来て、乾杯すっか？」

浩之は、それが当然のように言ったけれど、私はやんわりと断った。

「いやぁ、今日はもう疲れたから、さっさと旅館の飯を食べて寝ることにするよ」

「え？　マジか……」

浩之は肩透かしを食ったような声を出した。

「せっかく誘ってくれたのに、ごめん」

「まあ、疲れてるなら、しゃあないだろ。んじゃ、とにかく、また明日だな」

「うん。明日の朝、旅館を出る前に連絡するよ」

「オーケー。それじゃ」

「また」

通話を終えた私は、ひとり小さく嘆息した。

そもそも浩之は「久しぶりに来るなら、うちに泊まれよ」と誘ってくれていたのだ。しかし、私は、その誘いを断って、あえて「かえで旅館」を選んでいた。リゾート開発に関する罪悪感がずっと胸の浅いところに小さな棘《とげ》のように刺さっていて、真子と愛ちゃんにどんな顔をして会えばいいのか分からなかったのだ。

とりあえず——、今夜は、ゆっくりと温泉にでも浸かって、静かな一人の夜を満喫しよう。

私は胸裏でそうつぶやくと、畳の上に大の字になって寝転んだ。


昨夜、早寝をしたせいだろう、私は時計のアラームが鳴る前に目を覚ました。

まだ薄暗い格天井《ごうてんじょう》を見て、自分が桑畑村に来ていることを思い出す。

いま、何時だろう——。

ぼんやりと布団のなかで考えながら、枕の上で頭を転がし、窓の方を見た。窓には厚手のカーテンが掛かっていて、その周囲だけがうっすらと明るい。

どうやら、まだ、朝日は昇っていないようだ。

ふと天候が気になった私は、もぞもぞと布団から抜け出し、カーテンと窓を開けてみた。

天気予報どおり、雨は上がっていた。しかし、山々にはしっとりとした淡い靄《もや》がかかっている。おそらく、靄の上は晴れているのだろうが、朝まずめの暗さでは雲の様子までは判然としなかった。

すうっと森の匂いのする清爽な風が吹いた。

靄が風に流される音が聞こえそうなほどに静かな朝だ。

私は窓枠に身を乗り出し、顔を外に出した。

そして、ゆっくりと深呼吸をした。

清涼な空気に肺が洗われる。

せっかく早起きをしたのだから、露天風呂にでも浸かろう――。

そう考えた私は、はだけていた浴衣を整えて大浴場へと向かった。

風呂から上がると、身体が芯まで火照《ほて》っていた。

いったん部屋に戻った私は、朝の散歩に出ることにした。汗ばんだ身体を冷ますのにはちょうどいいし、露天風呂に浸かっているあいだに薄靄が晴れたので、久しぶりにライカで村の風景を撮影したくなったのだ。

うっすら汗の染みた浴衣を脱ぎ、洗いざらしのTシャツとジーンズに着替えた。そして、ライカのストラップを首にかけて部屋を出る。誰もいない旅館の玄関は、まだ照明も落とされたままだった。私は静かに靴を履くと、ガラガラと大袈裟な音を立てる引き戸をなるべくそっと開けて外に出た。

とたんに、清々しい早朝の風に包まれた。

両手を天に突き上げ、「んー」と大きな伸びをして歩き出す。

まずは、旅館の前の道路を横断し、ガードレールの手前で足を止めた。その先は、ゆるやかなV字谷になっていて、谷底にはクリアな水が滔々と流れている。

今日、浩之と釣りをする真澄川だ。

昨夜、大雨が降ったにもかかわらず、上流にダムのない真澄川の水は、ほとんど増水もせず、濁りもなかった。

この清流は、ダムの代わりに健全な広葉樹の森で守られている。堆積した森の落ち葉によってつくられるふかふかな腐葉土の層が、降り注いだ雨水をスポンジのように吸収してくれるのだ。腐葉土を潤した雨水は、ゆっくりじわじわと地中深くへ染み込んでいき、長い年月をかけて土壌によって濾過《ろか》され、やがて、天然のミネラル水として谷底からこんこんと湧き出す。そして、その清水を集めた流れこそが、いま私の眼下を流れる真澄川なのだ。

広葉樹の多い健全な山は、天然のダムである——。

私は、かつて読んだ自然科学の本の一節を思い出しながら川を見下ろし、その潑剌とした流れにライカのレンズを向けた。

撮影を終えると、谷底から視線を少し上げた。

川の向こう側にも、こちらと同じくゆるやかな斜面があり、その上には、私にとって、とても馴染み深い道路が通っていた。浩之一家が暮らす葵屋をはじめ、仲良くさせてもらっている老夫婦が営む酒屋、そのほか数人の顔見知りたちが暮らす民家が道沿いに軒を連ねているのだ。

それら愛すべき家々の奥には、さらに上へと続く山の斜面がある。しかし、私は、その斜面からは視線を外した。というのも、かつては斜面にびっしりと生い茂っていた樹々が根こそぎ伐採され、山肌の赤土が痛々しく剝き出しになっていたからだ。しかも、その斜面にはデカデカと「帝」「王」「建」「設」と書かれた四枚の立て看板が並べられている。

私は、ゆっくりと呼吸をして、意識を親友に向けた。

寝起きの悪い浩之のことだ。いまごろ、あそこで大イビキをかいてるんだろうな……。

対岸の葵屋を眺めつつ、子供みたいに大の字で眠る親友の姿を想像したら、進みかけた心の腐敗に、いくらか歯止めがかかった気がした。

と、次の瞬間――、世界が音も無く目を覚ましはじめた。

東の山の稜線が、パアッと金色の光に縁取られたのだ。

まばゆい光の粒子が、山奥の村に、どっとなだれ込んでくる。世界の彩度が一気に上がり、森の匂いのする風すらも、新鮮なレモン色の光で輝きはじめていた。

奇跡を見るような気分で、私はライカを手にした。

ファインダーを覗き込み、上下左右へと首を振る。

そして、気に入った画を見つけては、シャッターボタンを押していった。

森。山。木の葉。空に浮かぶ雲。足元の雑草……。

それらすべてが新鮮な光の粒子を浴びてきらきらと輝いていた。

とりわけ真澄川のきらめきは格別だった。まるで、サファイヤを液体にして流しているかのような神々しさだ。

私は、真澄川の輝きもしっかりとフィルムにおさめた。

そして、ファインダーを覗き込んだまま、レンズを少しずつ上へと滑らせていき、対岸の愛すべき家々をフレームに入れた。すると、さっきまで無人だった道路に人影を見つけた。

誰だろう？

私は、いったんカメラを下ろし、あらためて肉眼でその人影を捜した。

見つけた人影は、老夫婦で営む酒屋のお爺ちゃんだった。

お爺ちゃんは店の前で腰をかがめると、向かって右側のシャッターを開けた。ガラガラと古めかしい音を立てているのだろうが、その音は、こちらまでは届かない。

浩之いわく、あの老夫婦もリゾート開発の反対派として立ち上がり、しばらくは粘ってくれたらしい。しかし、老齢のせいもあるだろう、村を二分した闘争に身も心も疲れ果て、やがてはあきらめてしまった。残念だが、近いうちに高台の移転地へ店ごと引っ越すことに決めたそうだ。

私は再びライカを手にした。ファインダーを覗き、少し背中が丸くなったお爺ちゃんにレンズを向けて――、すぐに、そのまま少し下方へとズラした。フレームに入った「帝」「王」「建」「設」の看板と赤土の山肌を外したのだ。

レンズの向きを下げると、今度は逆に真澄川の美しい流れがフレームに入った。

まもなく空き家になってしまう酒屋と、朝日にきらめく真澄川——。

移転後に見たら少し淋しい気持ちになるかも知れないが、でも、きっと忘れがたい思い出になるはずだ。だから、この写真をプリントするときには、引き伸ばして額装し、あの老夫婦にプレゼントしてあげよう。

私は、そう心に決めて、シャッターボタンを押した。

と、そのとき——、
川向こうから、妙な音が聞こえた気がした。

ズズ、ズズズズズ、ズズズ……。

それは巨大な山が内側から軋《きし》むような、聞き慣れない低音だった。

ふと胸騒ぎを覚えた私は、耳を澄ましながら対岸の家々をじっと眺めた。

レモン色に輝く朝日に包まれた酒屋のなかから、お婆ちゃんも出てきて、何やらお爺ちゃんと話しはじめた。

ズズズ、ズズズズズ……。

二回目の軋みが聞こえてきたとき、私は息を呑んだ。

対岸の家々のさらに奥の斜面——、つまり、帝王建設の看板がある赤土の斜面の一部に亀裂が生じ、そこから小規模な落石が発生したのだ。こちら側からでは落石のサイズは正確には分からないが、近くにいたら石の転がる音が相当な音量で聞こえるはずだ。その証拠に、酒屋の老夫婦がきょろきょろしはじめた。

ズズ、ズズズズズ、ズズズズズ……。

この不穏な音は、まさか。

私の胸のなかに、黒く冷たい恐怖が膨れ上がっていく。

無意識にガードレールに両手を突き、上体を乗り出した。

さっきよりも少し規模の大きな落石が起きた。

と同時に、赤土の斜面の中腹あたりに黒い線が生じた。

左右方向に長いヒビが入ったのだ。

これは、まずい――。

頭が真っ白になりかけた私は、とにかく肺に思い切り空気を吸い込むと、両手を口に当てて大声で叫んだ。

「山が崩れますっ！　早く逃げて下さーいっ！」

しかし、酒屋の老夫婦は、相変わらず悠長な動きで落石のあったあたりを見上げている。私の声が届いていないのだ。

まずい。まずい。まずい。

俺は、どうしたらいい？

旅館の人に伝えるべきか。

いや、違う。

電話で浩之を叩き起こす！

周囲をきょろきょろ見回して、少し離れたところに電話ボックスを見つけた。そちらに向かって駆け出そうとしたそのとき、嫌な音を響かせながら、赤土の亀裂がみるみる延びていった。

しかも、一メートル、二メートル、とその幅が広がっていく。

ズズズズズズズ、ズズズズズ……。

滑りはじめた赤土の土塊に押されて、「帝」「王」「建」「設」の看板はバラバラに傾き、すぐに呑み込まれていった。

そして、次の刹那——、
世界はスローモーションになった。

大地の怒号のような地響きが山あいの空気を震わせた。

巨大な津波となった赤土が、川沿いの家々に迫っていく。

ようやく老夫婦が、山崩れに気づいた。

お婆ちゃんを守ろうと、慌てて手を引くお爺ちゃん。

しかし、無慈悲な赤黒い津波は、一瞬で酒屋を押し潰し、その勢いのまま老夫婦をも呑み込んだ。


え……、ちょっ……、ま、待って……。


声にならない声を胸裏でつぶやいた私の目の前で、浩之が大の字になって寝ているはずの葵屋がバラバラに崩壊し、赤土もろとも真澄川へと押し流されていった。

そして、大地の怒号がおさまった。

耳が痛くなるような静寂のなか、赤土に一部を堰き止められた真澄川の瀬音だけが世界を震わせていた。

ついさっきまでシャッターを切りまくっていた、早朝の神々しい風景が、まるで作り物のように見えた。

ふと、私は、自分が呼吸を忘れていたことに気づいた。

空気を吸い込むと、ひゅう、と喉が鳴った。

脳内が真っ白になったまま、私は、家々を呑み込んだ赤土の残骸を眺めていた。

葵屋が呑み込まれたあたりには、「帝」と書かれた看板の一部が見えている。

息、吐かなくちゃ……。

私は、肺に吸い込んだままだった空気を吐き出した。

と、背後から、慌てたような足音が近づいてきた。

「えっ……、ちょっ、あ、あれって……」

頭の上から、中年男性の声が降ってきた。

私は「帝」の文字から視線を引き剝がし、声のした方に振り向いた。そして、このときはじめて、くずおれた自分の両膝が地面についていることに気づいた。

驚愕している中年男性の顔には見覚えがあった。

昨夜から私が宿泊している旅館の主人だ。

「い、いまの、すごい音って……、あれ、ですよね？」

目を見開いた旅館の主人が、崩れ落ちた赤土を指差しながら問いかけてくる。

私は、無言のまま、ただカクカクと首を縦に振った。

「な、なんてこと……。く、車。助けに行かないと」

そう言って、旅館の主人は、くるりと私に背を向けた。

どうやら車に乗って対岸に回り、土砂のなかから人々を助け出そうと考えているらしい。

違う。車じゃない——。

真っ白になっている脳の一部でそう考えた私は、両膝を地面に突いたまま、旅館の主人の手首をつかんだ。

「え……？」

旅館の主人は振り返ると、怪訝《けげん》そうな目で私を見下ろした。

私も、旅館の主人をまっすぐに見返し、ごくり、と唾を飲み込んだ。

まだ、あの斜面の上には土砂が残っていて、二次災害の危険があります。

だから、いま、あなたが行っちゃ駄目だ。

それよりも、まず、するべきことがあるでしょ？

電話です。

すぐに救急車を呼んで下さい。

それと、警察も呼んで下さい。

「ちょっ……、手、手を、放して下さい」

旅館の主人が、私の手を軽く振り払おうとした。

「………………」

（駄目です。とにかく、急いで電話で助けを呼んで下さい）

「え……？」

と、再び怪訝そうな目で私を見下ろす主人。

「…………」

（ですから、電話ですって！）

「お、お客さん？　大丈夫、ですか？」

「…………」

（私は大丈夫です。だから、早く――）

と言いかけて、私は自分の喉に手を当てた。

そして、気づいた。

自分は、ただ口をパクパクしているだけで、まったく声が出ていないということに。

「…………」

（あれ？　なんだ？　声が――）

心では叫んでいるのに、喉がキュッとすぼまって声にならない。

「ちょっと、すみません。とにかく、私は行かないと」

旅館の主人は、握る力の弱まった私の手を振り払うと、そのまま旅館の敷地へと走っていった。

（おかしい。声が、出ない――）

そう思うのと同時に、私の足は電話ボックスに向かって動き出していた。ドアを引き開け、ボックス内に入る。震える指で一一九番をプッシュした。

「はい、こちら一一九番です。どうされました？」

消防本部の通信指令員は、すぐに出てくれた。

しかし――、

「…………」

声が出せない。

どんなに絞り出そうとしても、ただ、喉の奥から細い擦過音のようなものが発せられるだけなのだ。

「もしもし？　どうされました？　大丈夫ですか？」

声が、出ない？

どういうことだ？

こんなときに、どうして……。

愕然としている私の背後を、旅館の主人が運転する軽自動車がタイヤを鳴らして通り過ぎて行った。

私は受話機を手にしたまま、再び赤土に呑まれた家々の残骸を見た。

レモン色の朝日が、その現場をきらきら輝かせていた。

思い切り息を吸って――、

「……………………っ！」

右手で喉を押さえながら、心のなかで絶叫した。

神々しい朝の光に包まれた「帝」の文字が、ゆらりと揺れはじめた。
瞬きをしたら、やたらと熱いしずくが頬を伝い落ちた。

第三章

松下麻美

「おかげさまで、ずいぶんラクになりました」

やわらいだ首を回しながら、本日最後の施術を受けた女性客が治療院の玄関で靴を履きはじめた。

「たぶん、あと一回、来週中に来院して頂ければ、残った凝りも取れて、すっかり良くなると思いますよ」

お客さんの背中にわたしは声をかける。

「分かりました。じゃあ、また来週の予定が見えたら、予約の電話をしますね」

「はい。お待ちしてます」

「それじゃあ」

「お大事にどうぞ」

「お世話様でした」

満足げな顔で、お客さんが出ていった。

無人になった玄関で、パタ……、とドアが閉まる。

今日も予約がびっしりで忙しかったが、なんとか乗り切った。わたしは思わず「ふう……」と声を洩《も》らしてしまった。

大丈夫。わたしは、まだまだ若い――。

と、日々、自分に言い聞かせながら頑張っているものの、還暦を過ぎた身体は悲しいほどに正直だ。首、肩、腰の筋肉がガチガチに固まっているし、身体の芯のあたりが、まるで泥でも詰まったかのように重たい。医者の不養生ではないが、もはや整体師の自分が整体院に通いたいくらいだ。

間違えてお客さんが入ってこないよう、わたしは外玄関の照明を落とし、クリーム色のロールブラインドを下ろした。そして、治療用のベッドにアルコールスプレーを吹きかけ、ペーパータオルでしっかりと拭った。ついでに観葉植物の葉っぱについたホコリを一枚一枚、丁寧に拭き取ってやる。

わたしが自宅の一部を改築して開いた「松下《まつした》レディース整体院」は、読んで字のごとく女性専用の整体院だ。清潔さや、おしゃれな雰囲気には気を配っておかねばならない。

「よし。葉っぱちゃん、綺麗になったね」

植物に話しかけ、院内をぐるりと見回した。とりあえず、いますぐに清掃しなければならないような場所は見当たらなかった。

わたしは、使用したペーパータオルをゴミ箱に捨てると、受付台に置いてあるスマホを手にした。

三時間ほど前、建斗と里奈に『今日、夕飯はどうしますか?』とメッセージを送っておいたのだが、二人とも「未読」のままだった。

やれやれ、と嘆息しつつも、もう二人は、それぞれ三五歳と三〇歳の社会人なのだから、放っておけばいいのだとも思う。二人とも仕事が忙しくて、スマホをチェックできないのかも知れないし。

まあ、子供なんて――、

「そんなもんか」

と、自分に向かってつぶやいたわたしは、最近、ひとりごとが増えた気がして、また嘆息してしまった。

とにかく、今夜は一人で適当に冷蔵庫のなかの残り物を食べればいい。楽チンだ。そう考えれば、ひとりぼっちの夜も、のんびりとした気楽な時間になる。

わたしは、手にしていたスマホを白衣の胸ポケットに入れて、受付の背後にあるクリーム色のドアへと歩き出した。そのドアをくぐれば、そこはもう自宅の廊下だ。

ドアノブを引いて、院内を照らすやわらかな間接照明を落とそうとスイッチに手を伸ばした。と、そのとき、胸ポケットのスマホが振動した。

電話だ。

建斗か、里奈か、と思いながらスマホを手にして画面を見ると、そこには「伊原多佳子《いはらたかこ》」の文字が表示されていた。

「…………」

わたしは、三秒間ほど、その名前を見詰めたまま突っ立っていたが、意を決して通話ボタンをタップした。

「はい、もしもし、松下です」

「こんばんは、伊原でーす」

伊原多佳子は、里奈が小学生だった頃に知り合った、いわゆる「ママ友」から紹介された人だ。見た目は清楚な美人で、おっとりした話し方をするのだが、互いの距離が近くなるほどに性格のキツさを隠さなくなり、押しも強くなるタイプだった。正直、わたしとしては、あまり関わりたくない知人の一人なのだけれど、そういう人に限って整体院の常連さんだったりするのだ。

「多佳子さん、こんばんは。ちょっとお久しぶりですね」

「そうだねぇ。わたし、最近、あれこれ忙しかったからさ」

子供もいないし、仕事もしていないのに、いったい何が忙しいのだろう？

意地悪な気持ちからではなく、ただ素朴にそう考えながら、わたしは無難な受け答えをした。

「そうなんですね。ちなみに、その後、お身体の調子はいかがですか？」

「うん。まあ、おかげさまで悪くはないかな——っていうかね、いま、モナちゃんがうちに来てるのよ。だから、ちょっと、いつものお願いをしてもいいかな？」

「えっと——、いま、これから、ですか？」

「もちろん」

モナちゃんとは、多佳子の自慢の姪＝女優の伊原モナのことで、「いつものお願い」とは、つまり「モナを施術するための往診」のことだった。

モナの往診は、だいたい一〜二ヶ月に一度くらいのペースで頼まれているから、すでにわたしも慣れっこなのだが、今回は予約も入っておらず、あまりにも急な依頼だった。

「ええと……」

返事に窮したわたしは、壁の時計を見た。

時刻はすでに営業終了の午後八時を三五分も過ぎている。

今日は朝から忙しく、身体の芯に疲労が蓄積していた。

本音を言えば、断りたいところだ。

「ほら、最近、モナちゃんの所属事務所の社長さんが亡くなったじゃない？　それで、彼女も色々とくたびれちゃったみたいでさ」

多佳子は、わたしが往診することが当然であるかのようにしゃべり続ける。

「えっと、事務所の社長さんって——」

「二〇年前にモナちゃんを渋谷でスカウトしてさ、それからずっと父親代わりみたいに可愛がりながら、彼女を女優として育て上げてくれた人。あれ？　この話、前にしなかったっけ？」

正直、聞いた覚えは、ない。

「そ、そうでしたっけ……」

「とにかくね、モナちゃんも悲しんでるし、色々と大変だったみたいで、疲れちゃってるのよ。やっぱり世話になった人が亡くなるっていうのは、ねえ」

「そう……ですよね。ご愁傷様です」

わたしは、口のなかでもごもごと言った。

「で、どうなの？」

「え？」

「麻美さん、何時くらいに来られる？」

「え……っと」

まだ、行くとすら言っていないのに……。

「モナちゃん的には、なるべく早めに来てくれると嬉しいらしいんだけど」

わたしは、いったん携帯端末を口元から離して、ため息をついた。そして、気持ちを入れ替えて返事をした。

「じゃあ、はい。これからすぐに伺います」

「わあ、助かるわぁ。じゃ、待ってるねぇ」

そう言って多佳子は一方的に通話を切った。

やっぱり、電話に出なければよかった――。

わたしは胸裏でボヤいたけれど、でも、すぐに思い直した。

これは恩返しの一環だから――、と。

じつはわたしの過去には、多佳子とモナに大きな借りがあるのだ。

この整体院が、ひどい経営難に陥っていた約十八年前――、いよいよ院が閉鎖に追い込まれそうになって絶望しかけていたとき、思わぬところから救いの手を差し伸べてくれたのが、まだ会ったことも話したこともないモナだったのだ。

当時、ゴールデンタイムの人気恋愛ドラマで主演をつとめていた二十二歳のモナは、テレビのバラエティ番組の企画『有名人の地元自慢』というコーナーに出演することになった。そこでモナが自慢の治療院として挙げたのが、なぜかわたしの整体院だったのだ。

番組のディレクターから、うちを取材したいという趣旨の電話を受けたあと、これは多佳子が絡んでいるに違いないと思い、わたしはすぐに多佳子に連絡を取った。すると予想通り、多佳子は、やや上から目線でこう言ったのだ。

「あ、バレちゃった？　モナちゃんがね、地元で自慢できるところが無くて困ってるって言うから、わたしが麻美さんの整体院を推薦しておいたのよ。モナちゃんにテレビで紹介してもらえたら、お客さんが増えて、麻美さんも助かるかなぁと思って」

本来なら、まずはわたしに相談するべきだろうとは思うのだが、いかんせん、後半の台詞にはぐうの音も出なかったので、わたしは、ただ素直に感謝だけを伝えて、その番組の取材を受けることにしたのだった。

そして、いざ番組の撮影がはじまると、初対面のモナは院の玄関のドアを開けるなり、いきなりカメラに向かってこう言った。

「わたくし伊原モナの地元自慢は――、こちら！　わたしが子供の頃からお世話になっている『松下レディース整体院』の院長、美人でゴッドハンドの松下麻美先生です！」

想定外の展開に、わたしがポカンとしていると、モナは、こっそりわたしにウインクをして、さらに平然と嘘をつき続けた。

「この麻美先生の施術は、もう本当にすごくて、どこの治療院に行っても治らなかった痛みとか凝りとかも、あっさり治しちゃうんです。まさに、ゴッドハンド。いまでは、わたしだけじゃなくて、わたしの母も、叔母も、みーんな麻美先生の大ファンなんです」

テレビの力は凄まじかった。その番組がオンエアされるやいなや、整体院の電話は鳴りっぱなしになり、あっという間に三ヶ月先まで予約が埋まったのだ。すると今度は「三ヶ月先まで予約が取れない美人ゴッドハンドの整体院」というキャッチフレーズが独り歩きしはじめ、いくつかの雑誌にモナのコメント付きで紹介されることとなった。

モナと多佳子の、おそらく気まぐれな嘘からはじまったその「お祭り騒ぎ」は、十ヶ月ほども続き、その後は、じわじわと緩やかに沈静化していった。

そして、ありがたいことに、沈静化した後も一定のお客さんが残ってくれたことで、かつての経営難は嘘のように解消され、破綻寸前だった母子家庭の生活も安定し、その結果、建斗と里奈を無事に大学まで通わせてやることができたのだった。

そんなわけで、多佳子とモナは——たとえそこに善意や好意が無かったとしても——わたしにとっては恩人であり、だからこそ予約の無い時間外の往診であっても、その依頼を無下には断れないのだった。


多佳子が暮らしている山の手のマンションは、わたしの家から自転車で五分ほどの閑静な住宅街にある。

白衣を脱いだわたしは、薄手のジャンパーをはおり、水色の電動アシスト自転車にまたがった。この愛車は、還暦まで仕事を頑張った「自分へのご褒美」として購入したお気に入りだ。

夜道を漕ぎだしてしばらくすると、お腹が空いてきた。考えてみれば、お昼にサンドイッチを食べて以来、何も口にしていない。

せめておにぎり一つだけでも食べてくればよかった——。

わたしは軽い後悔を覚えつつ、なるべく車の通りの少ない道を選んでせっせとペダルを漕ぎ続けた。

マンションに着くと、オートロックのガラス扉があるエントランスで多佳子の部屋番号を押し、インターフォンで呼び出した。

「はいはーい、上がってぇ」

と、いつものやり取りをして、エレベーターで最上階の十八階へと上がる。多佳子の部屋の前で、再びインターフォンを押すと、すぐに内側からドアが開けられた。

「いらっしゃい」

「どうも、お待たせしちゃって……」

「ううん。むしろ早くて驚いたくらい。どうぞ、どうぞ」

多佳子に招き入れられたわたしは、玄関を上がってすぐ右側にある部屋のドアを二度ノックした。

この部屋は、ご主人と二人暮らしの多佳子の家に用意されたモナ専用のスペースだ。とはいえ、普段モナはここに住んでいるわけではないので、部屋のなかは生活感がなく殺風景だ。部屋に置いてある物といえば、大型テレビと、ソファーとテーブルのセット。そして、わたしの治療院にあるものと同じタイプの、うつ伏せ用の施術台だけだ。

「はーい。どうぞぉ」

ドアの奥からモナの声が聞こえてきた。

多佳子の言うとおり、モナは疲れているのだろうか、いつもより少し声に張りがないような気がする。

「お邪魔します」

静かにドアを開けて、わたしはモナの部屋に入った。

すると、ソファーに座っていたモナがおもむろにドアを振り返り、「麻美さん、おそーい」と不平を洩らした。しかし、その四十路《よそじ》とは思えないツルリとした美しい顔は、怒ってはおらず、むしろ微笑んでいた。この不平は、モナ流の冗談なのだ。

「ごめんなさい。できるだけ急いで来たんですけど」

そう答えたわたしの返事を、モナはあっさり無視して、わたしの背後に立っている多佳子に声をかけた。

「叔母さんは、もういいよ。あとは麻美さんとゆっくりさせてもらうから」

「え？ いいじゃない、わたしが居たって」

「だーめ。せっかく治療してもらうのに気が散るから。ほら、もう出ていって」

そう言ってモナはソファーから腰を上げると、多佳子の背中をぐいぐい押して部屋の外へと押し出した。そして、すぐにドアを閉め、鍵までかけてしまった。

「もう、モナちゃんったら」

ドアの向こうから多佳子の呆れたような声が聞こえてくる。

するとモナは、わたしに向かって悪戯っぽく笑ってみせた。

「あの……、今日は、マネージャーさんは？」

部屋のなかを見回して、わたしが訊ねた。

いつもは若い男性のマネージャーと一緒なのだ。

「ああ、今日はもう帰ってもらったの。彼も、葬式とか報道陣への対応とかでくたくたに疲れてたし、わたし、今夜はここに泊まることにしたから、送迎も必要なくなったし」

「そうだったんですね」

「うん。マネージャーも、なるべく休ませてあげないとね」

モナの年齢はわたしより二〇も下なのだが、モナはわたしにも多佳子にも敬語を使うことはない。その口調は、ときに高飛車で、横柄な印象を受けることもあるけれど、でも、見方を変えれば、それは親近感の表れと受け取ることもできる。

「わたし、葬式と病院って、すっごく苦手なんだよね。行くと、変に疲れると思わない？」

そう言われて、わたしはハッとした。

「あっ、このたびは、社長さんがお亡くなりに……」

「ああ、いいの、いいの、そういうのは。湿っぽいの、わたし好きじゃないし。もう葬式も終わったし。ってか、そもそも麻美さんには関係ないしね」

モナは、そう言って軽く首をすくめた。

「………」

「じゃあ、さっそく整体、お願いしようかな」言いながらモナは施術台にうつ伏せになった。

「あ、そうだ。わたしが着てるこの服、ダサいと思った？」

うつ伏せになったモナは、自分が着ているエメラルドグリーンのスウェット上下を指差してみせた。

「え？　まさか、そんな」

「これね、麻美さんが施術しやすいようにと思って、さっき叔母さんに借りた服なの。誓って、わたしの服じゃないからね」

「あはは……。そうなんですね。でも、そういう薄手のやわらかい服を着て頂けると、施術しやすくて助かります」

「でしょ？」

うつ伏せだからモナの顔は見えないけれど、その口調からして得意げな表情を浮かべているに違いなかった。

伊原モナ――。

美しく、透明感があり、演技にも定評のある四〇歳のベテラン女優。

でも、この人の中身は、まるで「子供」のようだ。

カメラの前では平然と嘘をつけるのに、プライベートになると「心の声」がそのまま表情にも行動にも出てしまう。

清々しいほどに、自分に嘘をつかない人。

これは、つまり、ある種の「ピュア」なのだろう。そして、そういうピュアな人だからこそ、ちょっとくらい横柄な態度を取られても憎めないのかも知れない。

「それでは、いつものように腰からはじめますね」

モナの華奢《きやしや》な腰に両手を当てながら、わたしは言った。

「うん。わたし疲れてるから、きっと寝ちゃうと思うけど、よろしくね」

「はい。寝ちゃっても大丈夫ですよ」

穏やかな口調で言って、わたしは施術をスタートさせた。

それから三分ほどのあいだ、珍しくモナはまったく口を開かなかった。

もしかして、本当に寝てしまったのかな？

なんだか起こしたら可哀想な気もして、わたしは少しずつマッサージの圧力を弱くしていった。

殺風景な部屋に、かすかな衣擦れの音だけが響く。

静かすぎて、なんだか変な感じ——。

わたしが胸裏でつぶやいたとき、ふいに、モナのかすれた声が床にこぼれ落ちた。

「ねえ、麻美さん」

「え……？　あ、はい」

「人ってさ、死んだら、どうなると思う？」

すっかり寝ているものだと思っていたモナが、まさか、そんなことを考えていたなんて——。

「ええと、死んだら……、ですか。うーん」

いきなりの難問にわたしが答えあぐねていると、モナは続けた。

「ちょっと前に、ネットの記事で見かけたんだけどね、人が死ぬと、体重が二十一グラム軽くなるんだって」

「それって……」

「死んだらね、肉体から魂が抜けて、その分だけ軽くなるらしいの」

「魂に、重さがあるってことですか？」

「なんか、よく分かんないけど、そう書いてあったんだよね」

「調べた人がいるんですかね？」

「うん。そうみたい」

魂の重さ。

そんなもの、本当にあるのだろうか？

わたしとしては、やや懐疑的ではあったけれど、ここで会話の流れを止めるのもどうかと思って、無難な言葉を返すことにした。

「なんだか不思議な話ですね」

「うん。わたしね、社長が亡くなったとき、ロケで北海道に行っててさ」

「はい」

「訃報を聞いて、慌てて東京に戻ったの。で、霊安室に寝かされてる社長の遺体と会ったときに、ふと二十一グラムの話を思い出したんだよね」

「…………」

「ああ、いま、この人、二十一グラムだけ軽くなったのかなぁって。心に穴が空いちゃったわたしも、その空っぽになった心の分だけ――、だいたい二十一グラムくらい軽くなってる気がするなぁって……。くだらないかも知れないけどさ、そういうことを真面目に考えてないと、なんか、わたし、その場で泣いちゃいそうでさ」

「モナさん……」

「だってさ、泣いたら、まぶたが腫れちゃうじゃない？　そしたら、翌日のドラマの撮影に支障が出ちゃうでしょ？　だから、魂の重さとか、そんなどうでもいいようなことをひたすら考えながら、社長とお別れしたんだよね」

モナの声色は、話の内容とは裏腹に明るかった。

でも、その明るさが、むしろ、モナが抱えた悲しみを強く訴えかけてきて――、わたしは、思わず施術の手を止めてしまった。

するとモナが、それを咎《とが》めた。

「麻美さん、手が止まってるよ」

「あ……、すみません」

わたしは、慌てて手を動かしはじめた。

「言っとくけど、わたし、大丈夫だからね。もう、わたしのなかでのお別れは済んでるから」

「はい……」

「じゃあ、続きを話してもいい？　愚痴になるけど」

「はい。もちろんです」

わたしは、しっかり手を動かしながら返事をした。

「あのね、せっかく、わたしが、まぶたが腫れないようにって、必死に工夫をしてたのにさ、社長が亡くなってから、ずーっと芸能リポーターとか記者とかが追いかけてきて、社長との思い出とか、そういうのをずけずけと訊いてきて……。もう、本当に大変だったし、めちゃくちゃ腹が立ったよ。マジで無神経なんだよね、あいつら」

「それは、大変でしたね」

きっと一般人のわたしには想像もつかないような苦労をモナは味わっているのだろう。

「あいつら、なんとかわたしを泣かせて、その顔を写真に撮って、ネタにしようとしてるんだよね。ほんと、ふざけんな、でしょ？　そうはさせるかよって、わたし、頑張っちゃった。ずーっと二十一グラムのことを考えて、最後まで泣かなかったんだよ」

「モナさん……、偉いと思います」

わたしの言葉に、モナはしばらくのあいだ返事をしなかった。

もしかして、有名女優を褒めるなんて、ちょっと偉そうだったかな。気に障る言い方だったかな——と、わたしが反省しかけたときに、再びモナは口を開いた。

「うん……。だよね。やっぱり、わたし、偉いよね」

「はい」

「社長に教わった『プロフェッショナル』を貫いたよね」

「そう思います」

モナは「ふう」と、納得の息を吐くと、続けた。

「社長がまだ生きてたとき、入院中のベッドの上でさ、わたしに、ちょっと面白いことを言ったの」

「面白いこと——」

「うん。俺は、昔から世間体とか常識とかを気にしすぎてた。失敗しても、笑われてもいいから、もっと思い切り冒険して、やりたいことを全部やっとけばよかったって言い出したの」

「社長さん、後悔をされてたんですね」

「まさかの、それ。なんかね、他人から馬鹿だと思われそうだとか、努力しても金にならないとか、そういう表面的なことを気にしないで、とにかく本心のままに生きればよかったって、あの人、めちゃくちゃ後悔してたんだよね。あんなに好き放題に生きてた人が、だよ？　それ聞いて、わたし、思わず笑っちゃったもん。あんたがそれを言うんかいっ！　て、突っ込んでやった」

「そしたら、社長さん、どうされました？」

「うるせえ。でも、モナは、後悔しないように冒険して生きろよって――、そう言われた。社長、ちょっと照れくさそうに笑ってたなぁ……」

　そのときのシーンを思い出したのだろう、モナは小さく「ふふ」と笑った。

「素敵な思い出ですね」

「でしょ？　だからわたし、こういう面白い話はマスコミ連中に、ひと言も話してやらなかったんだ」

　その話を、わたしには話していいのだろうか――、と少し不思議に思ったけれど、でも、まあ、考えてみれば、自分は芸能界とは無縁な人間だし、モナから見れば、きっと人畜無害な町の整体屋でしかないのだろう。

「マスコミの人たちの質問には、何て答えたんですか？」

「陳腐すぎて、まったく面白くない台詞ばかりを選んで答えてやったよ。例えば――、心に穴が空いた気分です、とか、もっと長生きして欲しかったです、とか、空から見守ってくれてると思います、とか。わたし以外の人でも言いそうなことばかり」

「なるほど……」

「あ、ちなみに、いまの社長とわたしのやり取りの話、まだ麻美さんにしかしてないから」

「え？」

「だから、一応、内緒にしといてね」

「もちろんです」

そもそも自分には、話す相手もいないし——。

そう思っていると、モナは思いがけないことを口にした。

「叔母さんにも話してないからさ」

「え、多佳子さんにも？」

「うん」

「これから話すんですか？」

「ううん、話さないよ。だって、あの人、口が軽いしミーハーだから、わたしのことあちこちでしゃべっちゃいそうだもん」

たしかに、そういうきらいは、ある。でも、わたしは、そうですね、なんて言えるはずもなく、ただ「あはは……」と意味のない空笑いをしてお茶を濁した。

「麻美さんはさぁ」

「はい」

「すごく大事な人と別れたことって、ある？」

「え……」

ふいの質問に、わたしは声を詰まらせた。

脳裏に、夫が家から出ていったときの映像が生々しく流れはじめたのだ。

「無いの？」

「あると言えば、ありますけど」

「それは、誰と？」

うっかり、また手を止めそうになったわたしは、モナに気づかれないよう、静かに深呼吸をしてから答えた。

「昔の夫、ですかね」

なるべく、淡々とした口調で答えたのだが、すぐにモナがその会話に感情を乗せてきた。

「えっ、なに？　麻美さん、もしかして、バツイチ？」

「はい。じつは」

「わー、そうなんだ。じゃあ、わたしと仲間じゃん」

テンションが上がったモナは、それまでうつ伏せだった顔を上げてわたしを振り返った。

「あはは……」

わたしは、眉をハの字にして苦笑した。そんなに嬉しそうにバツイチ仲間だと言われても、正直、どう答えていいものかと困ってしまう。

「もう、麻美さん、どうして今まで教えてくれなかったの？」

「どうしてって……」

「わたしの離婚は知ってるのにさ」

「え……」

かつて、年下のアイドル歌手と結婚していたモナの「スピード離婚」は、一時期、マスコミをずいぶんと賑わせたから、芸能ニュースに疎いわたしでも知っていた。そして、知っていたからこそ、モナの施術をするときは（マネージャーさんもいることだし）、できるだけその話題にならないよう気を遣っていたのだった。

「麻美さん、ズル〜い」

冗談めかしてそう言うと、モナは再びうつ伏せになった。わたしも止めていた手を動かした。

「ええと、わたしは別に、モナさんに隠そうとか、そんなふうに思ってたわけじゃ……」

「そう？」

「はい」

「でもさ、麻美さん、家庭のことは、なるべくわたしに話さないようにしてたでしょ？」

「…………」

図星をつかれたわたしは、返答にまごつきながら、ただ手を動かし続けることしかできなかった。

「もしかして、あんまり話したくないようなご家庭だったりするの？」

モナらしい無遠慮な言い方だけど、そう言われてみると、たしかに、積極的に人に話したくなるような家庭ではない気がしてしまう……。

少し悔しくなったわたしは、心のなかで『いや、でも』とつぶやいてみたものの、実際に口から出たのは肯定の言葉だった。

「わたしも離婚してますし、人様に自慢できるような家庭とは、言いにくい、かも、です

「……」

「お子さんは、いる？」

モナは、わたしの言葉にかぶせるように言った。

「二人いますけど――でも、二人はもう、それぞれ三〇歳と三五歳ですから。子供というより、一緒に住んでいる仲間という感じですかね」

「ふうん。家族が仲間かぁ。なんか、いいね、そういうの」

「ありがとうございます」

静かに答えたわたしは、メッセージに既読もつけてくれない建斗と里奈の顔を思い浮かべた。

うちの家族って、本当に「仲間」と呼べるのかな――。

自分に問いかけてみたら、答えはすぐに心の中から湧いてきた。

いや、少し、違う――。

いまの建斗と里奈とわたしは、それぞれが心のベクトルを違う方に向けている。「仲間」と呼べるほど三人は同じ方を向いて生きてはいない……。

「ねえねえ」

「はい？」

「ぶっちゃけ、麻美さんが離婚した理由って何だったの？」

「…………」

「あ、もちろん、答えるのが嫌だったら、答えなくてもいいんだけど」

「…………」

「でも、わたし、なんか興味があるんだよねぇ」

「興味……」

「うん」

「えっと……、どうして──」

わたしの人生なんかに、興味が？

「だってさ、麻美さんって、美人だし、他人に気遣いができるし、何より穏やかで優しいじゃん？　そういう女性と別れるなんて、なんか不自然っていうか。その元旦那さん、どう考えても、絶対に損してると思うんだよね」

「いや、そんな……」

わたしは小さく首を振った。

モナはわたしのことを買いかぶりすぎだ。

「まさか、わたしみたいにダブル不倫が離婚の原因──、とかじゃないよね？」

モナは、かつてマスコミを賑わせた自虐ネタを口にして、自分でクスッと笑った。

「いえ……、うちは、そういう感じではなくて──」

「なくて？」

「なんて言うか……、主人の身に予想外のことが起きて、そこから、少しずつお互いの心にズレが生じてきて……、で、最終的に、二人で同じ未来を見られなくなった、というか」

「ふうん。ちなみに、予想外のことって？」

なんだかモナのペースに乗せられつつあるな、と思いながらも、わたしは胸の隅っこで別のことを考えていた。

もしかすると、モナにならば、すべてを打ち明けてもいいのではないか。この、子供みたいに天真爛漫《てんしんらんまん》で純粋なモナなら、わたしの過去をあっさりケラケラ笑い飛ばしてくれるかも知れない。そうしたら、離婚してからずっとわたしの心を腐敗させている黒い澱《おり》も少しは晴れるのではないか。

そんな蠱惑《こわく》的な思いがわたしの心を侵食しはじめていたのだ。

「ほら、他人にしゃべるとさ、気持ちがスッキリすることってあるでしょ?」

モナがぐいぐいと催促してくる。

「まあ、そうですけど……」

本当にスッキリできるのなら、わたしは——。

「ちなみに、こう見えて、わたし、めちゃくちゃ口が堅い人だから。絶対に誰にも言わないよ。叔母さんにもね。そこは安心して」

モナのこの台詞を聞いたとき、わたしの胸の浅いところでカチッと音が鳴り、スイッチが入った気がした。

「分かり、ました——」

そして、同時に気づいたのだ。

ようするに自分は、モナに知られるのが嫌なのではなくて、おせっかいでおしゃべりな多佳子に知られることが、とにかく嫌なのだ。

自分の本心が腑に落ちたわたしは、ひとつ深呼吸をして、意識をそっと過去に飛ばした。そして、忠彦との結婚生活を思い出しながら訥々《とつとつ》としゃべり出した。

「わたしが離婚した夫は、重度の失声症だったんです」

「シッセイショウ？」

「はい。声を失って、何も話せなくなってしまう症状のことです」

「ああ、失・声・症、か――」

モナは、ひとりごとのように言って得心した。

「ふつうに言葉を使って考えることも、読み書きもできるんですけど、でも、声が出せないので、会話ができなくて」

「え、ちょっと待って。ってことは、麻美さん、しゃべれない人と結婚したってこと？」

「あ、いや、そうじゃないんです。元々はふつうにしゃべる人だったんですけど」

「けど？」

「何て言うか――、ちょっと、精神に強いショックを受けてしまって、それ以来、ずっと、声が……」

「ショックって、それがさっき言ってた『予想外のこと』ってやつ？」

わたしは、ひとつ、軽めの深呼吸をして「はい」と頷いた。そして、三〇年前に桑畑村の工事現場で起こった大規模な地滑り事故のことをモナに話した。すると、うつ伏せのモナは、再び両ひじを突いた姿勢になって、こちらを振り向いた。

「あの地滑り、わたしもニュースで見たのを覚えてる。子供ながらも、これはすごい事故だなぁって」

「はい……」

「そっかぁ……。麻美さんのご主人が、あの現場の目撃者だったなんて」

「…………」

「当時のご主人って、どんな人だったの？」

「あの人は――」

言いながらわたしは、忠彦の顔を思い出そうとした。でも、脳裏に浮かぶのは、なぜか、声を失い、心身ともに憔悴した後の、鬱々とした顔ばかりだった。あれほど目に焼き付けたはずの優しげな笑顔が、どういうわけか浮かんでこないのだ。記憶の引き出しにしまってある彼の笑顔を思い出そうとすればするほど、それを邪魔するモザイクが濃くなるような――、そんな、もどかしい感覚だった。

「誠実で、優しい人、だったと思います」

そう言った直後にわたしは自分に問いかけた。

本当に、そうだったのかな、と。

そういう人が、後に、わたしにも子供たちにも「優しくない行動」を取るようになるだろうか。

「ふうん。優しい人ねぇ。でも、いくら優しくても、声を失くして会話ができなくなると、やっぱり別れたくなっちゃうものなの？」

モナの直球の問いかけに、わたしは急いで首を振った。

「あ、そういうのじゃ――、ないんです」

「え、違うの？」

「はい。彼と会話ができなくなったことが直接の離婚の原因、というわけではなくて――」

「じゃあ、なに？」

「ええと……」わたしは、どう説明したら伝わるかと少しのあいだ思案してから続けた。「失声症になってから、あの人の生き方というか、考え方というか……、そういうものが少しずつ変わってきてしまって」

「うん」

「それまで勤めていた会社を辞めて」

「え――」

「いきなり、樹木医の資格を取るから勉強するって」

「樹木医？」

「はい」

「うわぁ。大転換だね」

「はい……」

「で、結果的に、生活が不安定になるっていうパターン？」

「まあ、そんな感じですかね」

事実とは少し違うけれど、すべてを説明することもないと思ったわたしは肯定しておいた。

モナは「なるほどねぇ」と、感慨深そうにつぶやいて、再びうつ伏せに戻った。わたしも施術を続ける。

「あの頃は、まだ、うちの子供たちが小さかったので」

「何歳だったの？」

「上が、たしか——六歳で、下が一歳です」

「ひええ、そんな時期に、旦那に仕事を辞められたら、さすがに将来が不安になるよね」

そうなんです、と言いかけた口を閉じて、わたしは「じゃあ、モナさん、仰向けになって下さい」と促した。

「はーい」と、いったんベッドの上で起き上がったモナは、「ふう〜。背中がゆるんで、すっごいラクになった」と言って首を軽く回した。

「今日は、いつも以上に凝ってましたから。背骨も、胸椎のあたりが少しズレてました」

「でしょー。もう、ぜんぶ下品なあいつらのせいだから」

「あいつら？」

「マスコミの連中。わたしの凝りをぜんぶ奴らになすりつけたいわ」

悪戯っぽい顔で不平を口にしたモナは、そのまま仰向けになると、「で？」とわたしを見上げた。

「え？」

「麻美さんの話の続き、聞きたいんだけど」

「あ、ああ。えっと……」

「そもそも優しかったご主人が、失声症になってから、どういう感じで変わっていったのか。そのあたりからね」

「そう、でしたね……」

答えながらわたしは少しだけ移動して、ちょうどモナの頭の上側に立った。そして、モナの首の下の隙間に両手を差し込み、後頭部から首筋にかけての凝りをほぐしはじめた。

「はあ〜、そこ、最高」

かすれた声で言ったモナは、心地よさそうに目を閉じた。

目を閉じていてくれた方が、話しやすいな……。

胸裏でつぶやいたわたしは、あらためて記憶を辿りはじめた。そして、過去を整理するための一人語りのつもりで、いびつな人生の続きをしゃべり出したのだった。

「夫が声を失ってからの一年は――」


忠彦が声を失くした、あの崩落事故から一年――。

その間、忠彦は心因性の失声症だけではなく、鬱病も併発していた。もちろん、会社には、ほとんど出社できなかったのだが、ありがたいことに、休んでいた期間の半分は有給休暇として処理してくれて、残りの半分も三割の減給で済ませてくれた。おかげで、その間は、家族が食べていくことに不自由はしなかった。

当時の忠彦は、会社からの手厚い救済措置には裏の意図があると考えているようだった。つまり、会社は、リゾート開発の安全性を「そもそも問題視していた」忠彦が、まさにその現場で事故を目撃してしまったことで、会社にとっての「危険分子」となってしまうことを恐れたのだ。そして、その「危険分子」が余計な正義感をふりかざして騒ぎ出したりしないよう、いわば腫れ物扱いしているのだろう、とのことだった。

忠彦は、そんな会社のやり方が、どうにも腑に落ちないようだったけれど、家計をあずかるわたしとしては、シンプルに大助かりだった。

多くの村人を犠牲にしたあの大事故は、当然ながらマスコミの格好の餌となった。関係していた企業や省庁などは、連日の袋叩き状態で、結果、リゾート開発は白紙撤回へと追い込まれた。そして、そのことだけが、唯一、忠彦にとっての朗報となったようだった。

どこから情報を聞きつけたのか、いくつかのマスコミは、忠彦個人にたいしても取材の申し込みをしてきた。しかし、それらはすべて会社とわたしがシャットアウトして、そのことを忠彦には内緒にしていた。言えば、いっそう鬱の症状が強まってしまう可能性があったからだ。

やがて事故から一年が経ったある夜、声の出ない忠彦は、わたしと二人きりになったときを見計らって、常に持ち歩いていた小型のホワイトボードに『会社を辞めていいかな?』と書いた。

退社の理由は、訊くまでもない。

「もちろんだよ。だって、あなたの人生だもん。好きなようにしていいよ」

わたしは、つとめて明るく答えると、忠彦の両肩から腕にかけてを何度もさすった。

すると忠彦は、心からホッとしたような顔をして、下まぶたに涙を溜めていた。

この頃の忠彦は、精神状態が安定しなかった。これといったきっかけがあるわけでもないのに、ふと鬱の症状が良くなることもあれば、いきなり悪くなることもあったのだ。正直、そんな不安定な夫の状況を常に見極めつつ、その都度、接し方を変えねばならないという日々は、わたしをひどく気疲れさせた。

忠彦のメンタルは、肉体にも変化を起こした。

わたしがご飯を作っても、ストレスからくる胃潰瘍と慢性の下痢のせいで、あまり食べられず、もともとスリムだった忠彦の身体からは、さらに十キロ以上もの肉が落ちてしまったのだ。服装などの見た目も気にしなくなり、髪の毛はぼさぼさの蓬髪のままだし、げっそりと痩せこけた頰には無精髭を生やしていることが多かった。

精気を失い丸まったその背中には、もはや細く頼りない文字で「不幸」と書かれているようだった。しかし、落ち窪んだその目だけは、時折、底知れぬ怖い光を放つのだった。

心と見た目が変わっても、この人は、わたしの愛する夫であり、子供たちの優しいパパなのだ。とにもかくにも、一緒に生きていかなければならない。

大丈夫。きっと、いつかは元どおりの家族になるから——。

わたしは、いつも自分に、そう言い聞かせながら、息苦しいような日々を耐え忍んでいた。

夫が会社を辞めると、家族の「生活」は、わたしの双肩にのしかかった。

生活に必要なのは、とにかく目先の収入だった。

わたしは、忠彦の心の具合を見計らって車に乗せては、公共職業安定所、いわゆる職安に連れて行った。定期的に職安に通わせることで、いくらかの失業手当を受け取れるからだ。しかし、それも永遠にもらえるわけではない。勤務年数が十三年で、自己都合によって退社した忠彦の給付期間は、最長でも一二〇日と決まっている。つまり、このままでは、我が家に「安心」はやってこない。

そこでわたしは、一念発起して、自宅の一部を簡易的にリフォームし、昔取った杵柄《きねづか》で整体院をはじめたのだった。

するとある日のこと、忠彦が、ホワイトボードに思いがけないことを書いてみせた。

『オレ樹木医になりたい。これから本気で勉強しようと思う』

「えっ、樹木医?」

うん、うん。忠彦は真剣なまなざしで頷いた。

「樹のお医者さんになるってこと?」

当たり前のことを訊いたわたしに、忠彦は苦笑しながら、再び、うん、うん、と頷いた。

正直、わたしには、樹木医という仕事がピンとこなかった。業務の内容はどんなもので、どの程度の収入を見込めるのか——、まるで想像がつかないのだ。

しかし、そんなことは、当時のわたしにとって瑣末なことだった。

なにしろ、声を失って以来、ひたすら無気力で、糸の切れたマリオネットのようだった忠彦が、ようやく自らの意思で何かをやろうと言い出したのだ。これは、いい兆候に違いない。

「そっか。やりたいことが見つかるって、それだけでも、すごく素敵なことだと思うよ。樹木医って、資格がいるんだよね?」

うん、うん。

忠彦は、軽く二度、頷いた。

「じゃあ、久しぶりに受験生になるんだね」

『たしかに』

と書いた忠彦は、頬をゆるめて頷いた。

「応援するよ。上手くいくといいね。わたしも整体院が上手くいくように頑張るから」

わたしは、整体院の開業で蓄積した不安と疲労が顔に出ないよう心を砕きながら、にっこり笑ってみせた。

すると、とても久しぶりに忠彦は、フッと自然な感じで目を細めてくれたのだった。

笑った。忠彦が——。

その笑顔を見た刹那、わたしの胸は懐かしさで溢れた。

と同時に、ずっと自分が欲していたものの正体に、ようやく気づいたのだった。

そうだ。わたしは、この穏やかな笑顔を見たかったのだ。

ずっと、ずっと、一年以上も前から、ずっと——。

「ほんと、応援するからね、わたし……」

わたしは潤み声でそう言うと、忠彦の痩せて骨張った身体を抱きしめた。そして、だぶだぶになった夫のシャツに、涙で濡れた頬をぎゅっと押し当てた。

ところが——、それから一週間と経たずに、忠彦はホワイトボードに『ごめん』と書いて現れたのだ。

「ん？　どうしたの？」

と、理由を訊くと、忠彦は『樹木医には、なれなかった』と過去形で書いた。

「どういうこと？　説明してくれる？」

うん、と小さく頷いた忠彦の説明によると——、樹木医になるための試験を受けるには、そもそもハードルの高い「受験資格」を備えていなければならず、自分にはそれが無いことを知ったのだそうだ。

「ええ、そんな……」

と嘆息したわたしに、忠彦はそっと資料を差し出した。

見ると、資料の一部が黄色い蛍光ペンで囲われていた。そこには受験資格についての記述があった。

ざっと目を通してみると――、樹木医補の経験が一年以上あること。もしくは、樹木の調査・研究、診断・治療、保護・育成・管理、公園緑地の設計・計画・計画監理、緑化樹木や果樹の生産などに関する実務あるいは研究を五年以上こなしていること、と書かれていた。

「これは、さすがに、無理だね……」

わたしは、手にしていた資料をそっと返した。

それを受け取り、「はあ」と嘆息した忠彦は、代わりに別の資料を差し出した。

「え、なにこれ……、整体師の、民間資格?」

うん、うん。

「どういうこと?」

思いがけない資料に驚いたわたしは、忠彦の目を覗き込んだ。

『この専門学校で資格を取る』

「ようするに、整体師の資格を取って、わたしを手伝うってこと?」

うん、うん。

頷いた忠彦は、さらにホワイトボードにペンを走らせた。

『二人が家に居れば、どちらかが子供の面倒をみてあげられる』

なるほど、とわたしは得心した。

脳裏に、建斗と里奈の嬉しそうな顔が思い浮かぶ。

「それは、アリかもね……」

うん、うん。

というわけで、再びわたしは、忠彦の資格取得を応援することに決めたのだった。

さっそく専門学校に入学した忠彦は、約二ヶ月後には民間の資格を取得した。もちろん、その間は、わたしの手ほどきも受けて技術を磨いた。

忠彦の思いつきで二人体制になった整体院は、しかし、わたしが想定していた売り上げには到底およばずにいた。忠彦は、助手として頑張ってくれたのだが、会話ができないせいか、なかなかお客がつかず、正直、経営の健全化に関しては、あまり役に立ってはくれなかった。

忠彦自身も、そのことはよく分かっていたから、時々、ホワイトボードに『髪結いの亭主で、ごめん』などと書いては、とても悲しそうな顔をするのだった。

「いいよ。そんなこと気にしないでよ。子供の面倒をみてもらってるし、わたしは充分に助かってるから」

いまだ鬱病を抱えたままの夫を元気づけながら、わたしはいっそう疲弊していった。

それでも、生活という揺るぎない重荷は、途切れることなくわたしの双肩にのしかかってくる。

昼間の診療を終えたわたしは、夜中にせっせとパソコンで宣伝用のチラシをデザインし、格安プリントショップで印刷してもらった。そして、そのチラシを建斗の友達のママたちなどに配っては、へこへこと頭を下げ、宣伝に協力してもらったりしていた。もちろんわたし自身も、日々の買い物のついでに、近隣のアパートやマンションに立ち寄っては、一階の集合ポストにチラシを投函し続けた。

日々の施術も、一人ひとりにたいして過剰と思えるほど誠実に対応したし、料金も、通いやすい良心的な価格へと設定し直した。

とにかく、わたしは、思いつく限りの「やれること」をすべて実行してみたのだった。

すると、その努力が実ってか、整体院に通ってくれるお客さんの人数が、少しずつだが右肩上がりに増えてきた。

この流れが続いてくれれば、なんとか家族を養っていけるかも……。

ひたむきに骨身を削り続けて、やっとのことで家族の未来を確保できそうなところにまで辿り着いたわたしだったが、しかし、そんなわたしを横目に、忠彦は、なぜか受験すらできない樹木医の勉強を続けていたのだ。

なにも、いま、そんなことに時間を使わなくても――。

わたしは、ついつい、不平を口にしそうになったけれど、しかし、忠彦は、現在進行形で鬱を患っているのだ。やりたいことは、やらせてあげなければ、と考え直すほかはない。

それに、そもそも忠彦は植物に関して、やたらと詳しい人だったではないか。きっと樹木医という仕事を知ったことで、シンプルに知識欲が湧いてしまったのだろう。

わたしは、自らにそう言い聞かせることで、心をざわつかせる夫の行為には目をつむることにしていた。

ところが、忠彦の行為は、そこから思いがけない方へとエスカレートしたのだった。

何を思ったのか、いきなり「桜の植樹」をはじめたのだ。

しかも、植樹する場所は、あの桑畑村だった。


「えっ？　ちょっと、なにそれ？　どうして、桑畑村になるわけ？」

モナは、しばらく閉じていた目を見開いて言った。

「わたしも驚いて理由を訊いたんですけど……」

「けど？」

「罪滅ぼし、だって……」

「は？　罪滅ぼし？」

「はい。だから、どうしても、やりたいんだって」

「なにそれ。で、麻美さん、やらせてあげたの？」

「ええ、まあ」

「そっかぁ。っていうか、そもそも、ご主人が責任を感じる必要なんて、全然ないのにね」

「そうなんです、けど」

もちろん、当時のわたしも、モナと同じことを思っていたし、それを忠彦にやんわりと伝えていた。心療内科の先生からも、同じことを言われていたらしい。それでも忠彦の内側には、強烈な自責の念がタトゥーのように刻まれていて、誰に何を言われようと、それは消えそうになかったのだ。

「桜の植樹って、けっこうお金がかかるんじゃない？」

「ええ、そこそこに」

わたしは、苦笑いをしながら頷いた。

当時、忠彦は、自宅周辺にあるホームセンターで桜の苗を買っていた。その値段は樹種にもよるが、だいたい一本あたり二〇〇〇円～四〇〇〇円だったと記憶している。植樹に向いた季節は（これも樹種によるが）、だいたい冬から春にかけての約半年間で、その間、忠彦は毎月のように桑畑村に通っていた。しかも、毎回、少なくとも十本は苗を購入し、そのうえ桑畑村までの往復の高速代やガソリン代なども加わって――。

「やっぱり、家計に響いた？」

「はい。かなり。植樹の季節以外にも、植えた樹の面倒をみるために桑畑村に通っていたので」

つまり忠彦は、ほぼ一年中、毎月のように植樹と、植えた樹の世話をし続けたのだ。しかも、それは、わたしと離婚するまでの八年間、まったく途絶えることがなかった。

「でもさ、整体院の経営は順調だったわけでしょ？」

「うーん……、順調だったのは、ほんの一時期だけで――」

経営が上向きつつあったのは束の間のことで、数年もすると近所に保険の利く整骨院ができたり、チェーンのマッサージ店がオープンしたりして、わたしの整体院の売り上げはガクンと落ち込んでしまったのだ。

それなのに忠彦は、休日になると、とたんに鬱の具合が良くなり、取り憑かれたような顔で桜の植樹へと出かけてしまう。そして、そんな忠彦の様子を眺めていたわたしは、どうしても理不尽な行為に思えてしまい、心がトゲトゲして、それが顔や態度に出てしまうこともあった。

すると忠彦は、わたしのご機嫌取りのつもりか、子供を連れて植樹に向かったりもしたけれど、しかし、遊び盛りの子供が植樹などという退屈な労働を楽しめるはずもなく——、結局、連れていけたのは、せいぜい二〜三回だった。

「麻美さんって、ほんと、お人好しというか、辛抱強い人だよね。わたしだったら、また行くの？　いい加減にしてよ！　って、怒りまくっちゃうなぁ」

「当時は、わたしもけっこう苛々してたので、少しは言っちゃいましたよ」

「ちゃんと言えたんだ。偉いじゃん、麻美さん」

モナが、まるで子供を褒めるみたいな言い方をしたから、わたしは微苦笑してしまった。

「ちゃんと、ではないですけど」

「そうなの？」

「相手は鬱病患者だったので、少し気を遣いながら、でした」

「そっか。でもさ、言わないよりはずっといいよ。鬱屈した気持ちをずーっと溜め込んでたら、さすがの麻美さんでも、きっと心が壊れちゃったと思うよ」

モナの言葉に、わたしは、ごくり、と唾を飲み込んだ。

ぎりぎりの綱渡りだった当時の自分の精神状態を思い出してしまったのだ。

「そうですね……。でも、結局、あの人は変わってくれませんでしたけど」

わたしが不満を（やんわり）伝えてみても、当時の忠彦は、ただ悲しげな目をして小さく笑うばかりで、淡々と自分に課した「罪滅ぼし」を続けていたのだ。

時折、忠彦はホワイトボードに『家族で一緒に行かない？』と書いて、わたしを植樹に誘うことがあったのだが、わたしは首を横に振り続けた。

朝から晩まで「具合の悪い他人の身体」に触れながら治療をし続けるという仕事は、とても、とても、過酷なのだ。正直、患者たちに精気を吸い取られている気さえする。それゆえ、たまの休日くらいは自分の心身を休めてやらねば、さすがに身が持たなかったのだ。休日に、わざわざ早起きをして、夫の声を奪った因縁の土地に出向き、そこで植樹をするなんて……、わたしにとっては苦痛以外の何物でもないし、そんな時間とお金があるなら、どこかの整体院に治療費を払って、自分の身体を癒してもらいたいくらいだった。

「ようするに、そのご主人、金銭感覚の無い人だったってこと？」

「いやぁ」わたしは、ゆっくりと首を振った。「元々は、そういう人じゃなかったです」

むしろ、忠彦は堅実な方ですらあったのだ。

「じゃあ、やっぱり、事故をきっかけに――」

「はい。たぶん……」

忠彦は、変わってしまったのだ。少しずつ。

整体院の経営は、その後もずっと低空飛行のままだった。銀行の定期預金も解約して、いよいよ家計が「困窮」の域にまで達しようとしていたとき、建斗は高校受験を控えた中学三年生で、里奈は小学四年生だった。これから、どんどん子供たちにお金がかかるようになるだろう。

それなのに、忠彦は、一人、せっせと植樹にお金を費やしてしまう。

「本当は、お金のことでは揉めたくなかったんですけど――」

わたしは、そこで、うっかりため息をこぼしてしまった。

するとモナは、少しだけ声のトーンを穏やかにして言った。

「わたしが離婚したとき、亡くなった事務所の社長から聞いたんだけどね」

「はい……」

「夫婦喧嘩の原因って、だいたい三つしかないんだって」

「三つ、ですか?」

「うん。まず一つ目は、浮気。二つ目は、子供の教育。で、三つ目は、お金の問題なんだって。だから、麻美さんがお金のことで喧嘩をしたのは、ふつうのことなんだよ」

「…………」

「っていうか、そんな状況だったら、夫婦喧嘩して当然だと思うし」

思いがけずモナに元気づけられたわたしは、自然と「ありがとうございます」と頭を下げていた。

「あ、でね、この話には、まだ続きがあるの」

「……?」

「浮気が原因で喧嘩になるのは、夫婦の関係を大切に思っていたから。子供の教育で喧嘩するのは、子供の未来を大切に思っていたから。では、ここで問題です」

「夫婦が、お金で喧嘩をするのは、いったい何を大切に思っていたからでしょう？」

モナは、いきなり凛《りん》とした女優の口調になってクイズを出題した。

「え、ええと……」

わたしは、ほっそりとしたモナの太ももの筋肉を施術しながら、まじめに考えた。そして、恐るおそるといった感じで答えてみた。

「家族との生活を大切に思っていたから、ですか？」

「うーん、麻美さん、ほぼ正解だね。わたしが社長から聞いたのは、『家族の安心と未来を大切に思っていたから』だったけど、まあ、だいたい意味は同じだもんね」

モナは仰向けのまま小さく拍手をしてくれた。

まじめに考えて導き出した答えが「ほぼ正解」だったことに、妙な安堵《あんど》を覚えたわたしは、いまのモナの台詞を頭のなかで反芻《はんすう》した。

家族の安心と未来を大切に思っていたから——。

つまり、お金は「安心」を手に入れるためのツールだということなのだろう。

思い返してみると、たしかに、あの頃の自分は、家族が安心して暮らせるように、身を粉にして働いていたとも言える。そして、だからこそ、夫婦の片割れである忠彦には、自分と同じ方を向いて家族の「安心」を重要視して欲しかった。まさに一緒に人生を歩む「仲間」であるかのように。

でも、あの頃の忠彦は異常なまでに「罪滅ぼし」にこだわった。家計の問題についてわたしが相談しても、説得しようとしても、うっかり感情的に伝えても――、忠彦は、ただ無機質なホワイトボードに『ごめん』とだけ書いて、悲しげな光を湛《たた》えた目を伏せるばかりだったのだ。

そして結局は、鬱病患者に感情をぶつけてしまったわたしが、自分自身のことを責めて終わる――、それの繰り返しだった。

何も変わらないまま、変えられないまま、時間とともに家族の未来は暗鬱になり、わたしの心身は磨り減り、そして、夫婦のあいだに生じた心の溝が、揺るぎない力で広がっていき――。

「ある日、夫がホワイトボードをわたしに見せたんですけど、そこには『桑畑村に引っ越さない?』って書いてあって……」

「え――」

さすがのモナも、一瞬、言葉を失った。

「それを見たとき、すうって気持ちが冷めたというか、夫とわたしの心の距離の遠さに気づいてしまったというか……」

ああ、そうか。もう、ずーっと前から、わたしたちの関係は壊れてたし、修復不能になっていたのだとわたしは確信した。いわゆる「心が折れる」その音が、はっきり聞こえた気がしたのだった。

「ずっと悲鳴を上げてた麻美さんの心が、ついに限界を超えちゃったんだね」

「ええ、たぶん」

「引っ越そうっていう意味が分からないよね?」

「はい、分からなかったです……」

あのホワイトボードを見た刹那、わたしの頭のなかには疑問符が溢れ返ったのだった。

いったいぜんたい、そんな田舎に引っ越して、どうやってこの子たちを養っていくつもりなのか?

悪いことをしていない夫の「罪滅ぼし」に付き合わされる人生の意味は?

この人は、家族の未来を一ミリでも考えているのだろうか?

そもそも、どうして、こんなことになっちゃったんだろう?

わたし、何も悪いことしていないよね?

溢れた疑問符で脳がパンクしかけていたわたしは、忠彦に反駁することすらできず、ただ、不安げに微笑む夫を見詰めながら唇を震わせていたのだった。

「そりゃ、そうだよね」

モナは、呆れたような口調でボソッと言った。

「それがきっかけになって、わたしから離婚を切り出したんです」

「うん、そうなって当然」

「…………」

「ちなみに」

「はい」

「そのとき、麻美さんって、いくつだったたの」

「ちょうど四〇歳の年でした」

「不惑の転機だ――」

「ええ。でも、ちっとも『惑わず』にはなれなくて、その後の人生も、ずっと惑いっぱなしです」

そう自虐気味に言ったわたしは、無意識に深いため息をついてしまった。

「麻美さんの人生も、色々あったんだね」

「でも、最近は、離婚の経験者も多いですし」

「だよねぇ。つーか、結婚して不幸なまま我慢してるより、さくっと離婚して幸せになった方が利口だもんね」

「はい。そう思います」

それから、しばらくのあいだ、モナは口を閉じたまま、おとなしくわたしの施術を受けていた。

一方のわたしは、離婚を受け入れた忠彦が、最後に家から出ていったときのことを思い返していた。

夫が家を出ていったのは、穏やかな春の朝だった。

明るいパステルブルーの空。

うっすらと花の匂いがする優しい風。

重苦しい別れには不似合いな、のんびりとした空気が漂う日曜日。

大きな旅行用カバンを肩にかけた忠彦は、玄関で靴を履くと、ゆっくりとした動作で外へ出た。それに続いて、わたしと建斗と里奈も玄関先に立った。

思春期の建斗は、不貞腐れたように顔を明後日の方に向けていた。わたしの手を握った里奈は、素直にしくしく泣いていた。

すでにホワイトボードをカバンにしまっていた忠彦は、わたしたちに何も伝えないまま庭の門扉に向かって歩き出した。足を一歩踏み出すごとに、夫の痩せて丸まった背中は頼りなく左右に揺れた。

忠彦は門扉の手前のあたりで足を止めると、こちらを振り返った。

そして、ほんの一瞬、何か言いたげな顔をした。

でも、声のない忠彦は、もどかしげに眉をハの字にして、とても淋しそうに微笑むだけだった。

まるで泣き笑いみたい――。

胸裏でつぶやいたわたしは、ゆっくりと深呼吸をした。

ひとり儚《はかな》げに立つ忠彦の足元は、薄紫色で彩られていた。

夫婦の「思い出の花」が、新鮮な朝日を浴びて咲き誇っていたのだ。

紫花菜と、優しかった忠彦。

ふわっと春のまるい風が吹いて、わたしの髪を揺らした。

その風のなかに、幸せだった頃の懐かしい匂いが溶けているような気がして――、

あれ……？

わたしは、手の甲で頬を拭った。

泣かないと決めていた、いや、泣かないだろうと思っていたわたしの頬に、しずくが伝っていたのだ。

忠彦が、ゆっくり、小さく会釈をした。

そして、おもむろに踵を返し、こちらに背を向けた。

「パパ――」

里奈が潤み声で呼びかけた。

でも、忠彦は振り返ることなく、そのまま門扉を出て、塀の向こうへと消えた。

「パパ！」

里奈が叫んだ。

子供は、絶対に行かせない――。

無意識にわたしは、里奈の手をぎゅっと握っていた。

「ママ、手、痛いよぉ……」

里奈が声を上げて泣き出した。

「あ……、ごめん。ごめんね、里奈」

謝りながらわたしは里奈の手を放すと、小学生の華奢な身体を抱きしめた。

「パパ、行っちゃったよぉ……」

「うん。ごめんね……」

かすれた声で謝るわたしの背中に、さも面倒臭そうな建斗の声がかかった。

「はあ。俺、もう家に戻るから」

わたしが振り返ったときには、すでに建斗は玄関のなかでサンダルを脱ぎはじめていた。

また、懐かしい匂いのする春風が吹いた。

里奈の頰を伝う涙が、わたしのシャツを通して染みてきた。

あの人は、家族を捨てた。

大切な子供たちを悲しませた。

わたしのことも――。

里奈を抱きしめたまま、わたしは空を見上げた。

本当に、これでよかったんだよね?

答えの出ない問いかけを、わたしはパステルブルーの広がりへ解き放った。


モナの施術を終えたわたしは、多佳子の部屋を後にした。

スマホで時刻を確認すると午後十一時十一分の、一ならび。

つまり、たっぷり二時間ほども施術をした計算になる。

さすがに疲れたし、お腹が空いたなぁ……。

心でつぶやいたわたしは、エレベーターで一階に降り、マンションの駐輪場に停めておいた自転車にまたがった。

「ふうっ」

と軽く気合いを入れて、ペダルを踏み込む。

夜中の住宅地の路地は、ほとんど人通りが無くて、まるで深海の底のように静かで冷え冷えとしていた。そういえば最近、通り魔が出たというニュースもあった。あまりナーバスにならないよう、わたしは自転車を漕ぎながら、

「寒い、寒い……」

と、つぶやいてみたけれど、その声は、冷たい夜風にすうっと霧散してしまう。

最近、テレビの天気予報で「春の足音」という単語を耳にしていたはずなのに、夜になると気温はぐっと下がり、深夜以降は、もはや真冬と言いたくなる寒さが続いている。

わたしは、いったん自転車を止めて、ジャンパーのファスナーを首まで上げた。

手袋を持ってくればよかったなぁ――。

と軽く後悔しながら、再び肩をすくめて自転車を走らせた。

しばらくすると、馴染みのコンビニの明かりが見えてきた。さすがに今夜は、帰宅後に夕飯を作るなどという気力も体力も残されてはいない。わたしは吸い寄せられるようにコンビニに入った。そして、迷わず弁当コーナーの前に立ち、再びスマホを手にする。

子供たちからのレスは――、無い。

この時間なら、ご飯は各自で食べているはずだ。

そう確信したわたしは、身体が温まりそうな四川風麻婆豆腐の弁当をひとつ手に取り、レジへと持っていった。


自宅に着くと、郵便ポストを確認した。

なかに入っていたのは、化粧品のＤＭと、地域の広報紙。それと、よれてシワの入った茶封筒がひとつ。宛名を見ると、ボールペンで「松下麻美様」と書かれている。

達筆なその文字を見て、わたしは夜空を見上げた。

また、送られてきたか――。

しんしんと冷えた黒い広がりには、バニラアイスのような白い月が浮かんでいた。その月に向かって「はあ……」とため息をつくと、タンポポの綿毛を思わせる白い靄がほわっと顔の前に広がった。


いつも通り、軒下に自転車を停めたわたしは、家の玄関の鍵を開け、カラカラと音を立てて引き戸を開いた。

住み慣れた家が、ぱっくりと漆黒の口を開く。

冷たい静謐《せいひつ》が満ちた廊下の奥に向かって「ただいまぁ」と言いながら、玄関の照明をつけ、靴を脱いだ。

やはり、まだ建斗も里奈も帰宅していないようだ。

わたしはリビングに入ると、手にしていた郵便物とコンビニ弁当をまとめてテーブルの上に置いた。そして、ジャンパーを着たままエアコンのスイッチを入れた。

「お腹空いたぁ……」

かすれ声でつぶやきながら、四川風麻婆豆腐を電子レンジに放り込む。ついでに風呂の湯を張るスイッチも押した。

ほどなく、四川風麻婆豆腐が温まった。

わたしは、それをテーブルに運ぶと、半日振りの食事にありついた。

ひと口目を飲み込んだ直後、ふと静けさが気になった。

耳の奥で、シーン、という音が聞こえてきそうなくらいリビングが静かなのだ。再び食べはじめると、コンビニでもらったプラスチックのスプーンと麻婆豆腐の容器の擦れる音が、やたらと大きく響いた。

そっか。これが孤食ってやつか——。

そんなことを思いながら半分ほど食べ終えたところで、わたしはジャンパーを脱いだ。ようやく身体が温まってきたのだ。

「はあ、辛くて美味しい」

あえて、ひとりごとを口にしてみた。

でも、張りのないその声は、あっさりと部屋の静寂に吸い込まれて消えた。そして、また、シーン、という「無音の音」が空間を支配する。

わたしはプラスチックのスプーンを手にしたまま周囲を見回した。

なんとなく、いつもよりリビングが広く感じる。

そうだ。たまにはテレビでも観てみよう……。

胸裏でつぶやいて、リモコンのスイッチを入れた。

液晶画面に映ったのは、いかにも安っぽい深夜ドラマだった。しかも、かつてモナと映画のロケ現場で揉めてから、モナを共演NGに指定しているという個性派女優が出演していた。

この人も、モナみたいな強い女性なのかな——。

少し興味が湧いたわたしは、そのままチャンネルを変えず、手にしていたリモコンをテーブルの上にそっと置いた。そして、三文芝居をぼんやりと眺めながら、再びプラスチックのスプーンを動かしはじめた。

しばらくすると、個性派女優が、夫役の俳優がいる部屋へと飛び込んでいった。その手には、わたしも知っているペラ紙が握られていた。

「これ、書いておいたから。あなたも——」

個性派女優は、怒りと悲しみを押し殺したような顔をして、夫役の俳優の胸に離婚届を押し付けた。

「え……、なに？　ど、どういうこと？」

夫役の俳優が、驚いてポカンとしてみせた。

その表情を見た刹那、わたしは無意識にスプーンを止めていた。

この後の展開は……。

しかし、そこから先の夫婦の押し問答が、どうにも陳腐で、観るに堪《た》えなくなり——、わたしはテレビを消した。

再び静寂がリビングを支配し、天井が高くなる。エアコンをつけたままなのに、室温が二度くらい下がった気がした。

「はあ……」

胸のなかの湿っぽい感情をため息に変えて吐き出したら、それと一緒に食欲まで吐き出してしまったのか、わたしは、麻婆豆腐を少し残したままプラスチックのスプーンを置いた。

「ご馳走さまでした」

ぽつり、と言ってすぐに、

ご馳走さまは、ひとりごとに含まれないよね——。

と胸裏で自分をフォローして、無意識にまた「ふう」と嘆息していた。

食事を終えたわたしは、スプーンの代わりにハサミを手にした。そして、郵便ポストに入っていた茶封筒を開封した。

現金書留でもないのに、いつも通り、茶封筒のなかには紙幣が同封されていた。

今回は、シワシワの一万円札が一枚と、千円札が七枚。

金額は、いつもバラバラだ。

九〇〇〇円のときもあれば、三万円を超えることもある。

現金の他に一筆箋も添えられていた。これも毎度のことで、『お元気でいることと思います』からはじまり、『こちらはまだ雪が残っています』といった季節のネタで締める短文もいつも通りだった。

短文のあとに記されているのは差出人の住所と名前。

繊細で生真面目な、あの人らしい文字だ。

これまでわたしは一度だって返信したことはないのに、毎回、律儀に自分の住所を書いてよこすのも、あの人らしい。しかも、この送金は里奈が成人するまでだろう、というわたしの予想を裏切り、いまだに毎月のようにこつこつ送られてくるのだ。

正直、過去に何度か「もう、送金しなくて大丈夫です」とだけ書いて返信しようと考えたこともある。しかし、一度でも返信をしたら、こちらが相手の存在を認めたことになるような気がして、わたしはぐっとこらえ続けてきたのだった。そんな自分を狭量で意固地で弱虫だと責めながらも――。

わたしは、確認した現金と一筆箋を茶封筒のなかに戻した。そして、いつものように食器棚の下部の扉のなかにある、わたし専用の引き出しにしまい込んだ。

この引き出しは三段あって、なかには離婚する前の家族写真が眠っている。もちろん子供たちは、この写真の存在を知っているけれど、見れば気分を害すると分かりきった写真をいまさら「見たい」などとは決して言わない。わたしだって、もう十数年はアルバムを開いたことはない。つまり、この引き出しは、家族にとっての「パンドラの箱」なのだ。だからわたしは安心してその引き出しを「自分専用」として、こっそり使っているのだった。

離婚してから二〇年。ほぼ毎月の送金だから、二〇〇通を超える封筒が引き出しのなかに溜まっている。わたしにとって、これらの手紙は、あくまで「元夫の生存確認」という位置付けだった。それゆえ同封された現金には一円たりとも手をつけていない。お金は、建斗と里奈の「万一のとき」のために取っておく。何があっても自分用には使わない。わたしは、そう心に固く誓い続けてきたのだった。

と、ふいにテーブルの上でスマホが振動した。

端末を手にして画面を見ると、里奈からのメッセージだった。

『いま友達と一緒にいます。ご飯はいりません。レス遅くなってごめんね』

友達と一緒、か――。

わたしは『了解です。遅いから、気をつけて帰ってきてね』と返すと、椅子から立ち上がった。そして、「さあ、お風呂、お風呂」と、なるべく明るめの声を出しながらリビングから出ていった。


それにしても、今日は心身ともにくたびれた一日だったなぁ――。

熱めのお湯に首まで浸かったわたしは、湯船のなかでそっと目を閉じた。

まぶたの裏に、美しいモナの顔がちらつく。

まさか、よりによって有名女優に自分の過去を洗いざらい話す日が来るなんて……、とは思うけれど、結果として、そのことについてわたしは、あまり後悔をしていなかった。

おそらく、これまで誰にも話してこなかった心の重荷をモナにさらけ出せたことで――、いや、モナがわたしの過去を肯定してくれたことで、わたしの心は、少なからず罪悪感から解放され、重荷がいくらか軽くなった気がするのだ。

結婚して不幸なまま我慢してるより、さくっと離婚して幸せになった方が利口だもんね――。

モナがさらりとかけてくれた肯定の言葉が、わたしの脳内で甦《よみがえ》る。

さくっと離婚して幸せに、か……。

そもそも、幸せって——なに？

わたしは離婚してからの自分の人生を憶った。

はたして離婚後のわたしは、モナが言うような「幸せな人生」とやらを送ってこられたのだろうか？

そう自問しかけて、すぐに、その問いを放棄した。

まぶたの裏に、声を失い鬱々とした元夫の顔がちらついたのだ。

しゃべれた頃は、あんなに幸せだったのに——。

そう思って、わたしは小さく首を横に振った。駄目だ。言葉の終わりに「のに」をつけるのはやめよう。それは知らぬ間に癖になって、いつしか、わたしの人生そのものが愚痴っぽくなっていくから。そんなこと、還暦を迎えた自分は痛いほどよく知っているではないか。それなのに、うっかり「のに」と考えてしまう自分が情けない。せめて元夫の顔を思い出すときに「幸せだった頃の笑顔」が浮かんでくれたら、と思うこともある。でも、実際は、その笑顔を思い出すことがわたしにはできないのだ。

自分は本当に彼の笑顔を忘れてしまったのか？

あるいは、無意識のうちに自分自身でその記憶を磨りガラスの向こう側に隠しているのか？

どちらなのかは分からない。でも、分かっていることもある。それは、元夫の幸せだった頃の笑顔を思い出すために、当時の写真を掘り返すような愚行には出ない、ということだ。せっかく時間とともに固まりつつある心の瘡蓋《かさぶた》を自らの手で剝がすようなことはしたくないし、そうなったときの心痛を想像するだけで、もはや心から血が滲み出しそうになる。

わたしは閉じていた目を開けた。

そして、風呂場の湿った空気をゆっくり深呼吸した。

すると脳裏に、思い出したくない過去のシーンが流れはじめた。


それは元夫が、この家を出てから数日後のことだ。

建斗と里奈が学校に行っているあいだに、わたしは自宅の門の手前にあった花壇を潰したのだった。

独りぼっちで、はらはらと涙を流しながら。

元夫がわたしのためにレンガを並べて作り、そこに種を蒔き、それから毎年、薄紫色の可愛らしい花が咲いて、春が優しく彩られ……。

わたしは、満開のその紫花菜を片っ端から引き抜いて、ゴミ袋に詰め込んでいったのだ。そして、花壇が空っぽになると、今度は地面を花壇たらしめていたレンガの囲いも取り壊し、小さな庭の隅に積み上げた。

絵本のように可愛らしかった花壇が、ただの小さな荒地になった。

わたしは、その荒地を眺め下ろしつつ思った。

泣きながら復讐に似た思いでやり切ったこの行動こそが、じつは、人生でいちばんの自虐的行為だったのではないか、と。

しばらくして、学校を終えた子供たちが帰宅してリビングにそろった。わたしは何食わぬ顔で二人におやつを差し出した。すると予想通り、おやつに手をつける前に、里奈が口を開いたのだった。

「ママ、玄関のところ……」

「あ、うん。片付けたの」

わたしは、動揺を見透かされないよう心を砕きながら、明るく微笑んでみせた。

「いいの？」

と言って、建斗が、じっとわたしを見据えた。

「もちろん」

「ねえ、ママ、どうして？」

悲しげな顔で里奈が問いかけてきた。

「うーん、その方が気分がいいから、かな」

そこで子供たちは口をつぐんだ。

そのときリビングを満たした重苦しい空気と、止まりそうな心臓の嫌な重さを、わたしはいまだに忘れることができないでいる。


ああ、嫌なことを思い出しちゃったな……。

わたしは、湯船に浸かったまま少し顔を上げて、結露した風呂の壁を見詰めた。

もしも、あの離婚が、子供たちにとって正解でなかったとしたら……。

だとしたら、わたしの人生って、何だったんだろう？

何だった――と、過去形で考えている自分に気づいて、わたしは背骨からするりと力が抜けていくような感覚に襲われた。

わたしの人生は、もう、終わってるの？

だとしたら、なんだか、わたし、可哀想じゃない？

わたしは両手で胸のあたりを押さえ、ひとつ深呼吸をした。

ふいに込み上げてきた、叫び出したいような衝動に抗《あらが》ったのだ。

胸に当てた両手の下には、還暦を過ぎた乳房がお湯に浮いている。


わたしの人生を台無しにした人――。


風呂場の淡い湯気のなかに、やつれた元夫の顔が浮かんだ。

世界中の不幸を一人で背負ったかのような、あの恨めしげな顔に向かって、わたしは思わず、

「もう、いい加減、わたしの人生から消えて……」

と、つぶやいていた。

こぼれ落ちたその声は小さかったけれど、湿った風呂場の空気はそれをしっかりと反響させた。

わたし、なんか、今日、おかしいな……。

ひとりごとばかり言ってる。

「馬鹿みたい……」

と、またひとりごとをこぼしたとき、いきなり目の裏側が、じんじんと熱を帯びてきた。

駄目、ダメ。泣いたら、負け。

わたしは湯船のお湯を両手ですくって、ごしごしと顔を洗いはじめた。

第四章

松下里奈

「いつものところで、いいかな？」

最近、中古で買ったというアウディを運転しながら、鍋田《なべた》は助手席のわたしをちらりと見た。

「あ、はい」

夜の住宅地をぼんやり眺めていたわたしは短く答えた。

鍋田の言う「いつものところ」とは、わたしの自宅の近くにある小さな児童公園のことだ。

今夜のようにデートが長引いて電車が無くなったとき、鍋田はたいてい車でわたしを自宅の近くまで送ってくれる。

「里奈」

「はい？」

「明日は、休みだよね？」

「はい」

「何か予定はあるの？」

鍋田に休日の予定を訊かれても、もはやわたしの心がときめくことはない。

「いえ、とくには……」

「そっか。じゃあ、時間を見つけてメッセージを送るよ」

休日はメッセージのみ。

会えることは、ない。

もう二年間、ずっとそれの繰り返しだった。

鍋田は休日になると家族サービスに精を出すのだ。十歳下の奥さんと、三人のお子さんたちのために、時間と体力を振り絞るらしい。

「はい。でも、わたし、今週は仕事で疲れたので、昼過ぎまで寝てるかも」

実際、この週のわたしは多忙を極めていた。五年前から勤めている健康機器メーカーの新製品が、ふいにネットのインフルエンサーのおかげでヒットしはじめ、広報を担当しているわたしの仕事が一気に増えたのだった。

「そっか。たしかに最近、忙しそうだったもんなぁ」

と得心する鍋田は、かつてわたしから仕事を依頼され、新製品のパンフレットや車内吊り広告などを一緒に制作した、小さな広告代理店の社長だ。

「まあ、はい……」

「ほんと、お疲れさま。じゃあ、メッセージは午後にするから、ゆっくり休んでね」

鍋田のねぎらいの言葉に、わたしは返事をせず、少しうつむいたままフロントガラスの向こうを見た。

すでに五〇メートルほど先に、子供の頃よく遊んだ児童公園が見えている。今夜の秘めごとは、あそこで終わる。

ほどなく鍋田はハザードランプを出し、静かにブレーキを踏んだ。

「到着」

「ありがとうございます」

と言いながらわたしがシートベルトを外したとき、運転席からすっと腕が伸びてきて、うなじのあたりをつかまれた。そして、そのまま首を引き寄せられる。

鍋田の顔が、目の前に近づいてきた。

五〇歳という年齢にふさわしいシワ。少し後退したおでこの生え際。脂っぽい皮膚。ぽっちゃりした頬。団子鼻。たるんだまぶた。

服を脱いだら、でっぷりと腹が出ている。

しかも、妻子持ち――。

わたしは、いったい、この人のどこに惹かれているのだろう？

と、考えはじめたとき、やや強引に唇を重ねられた。

わたしは目を開けたまま、車窓の外をぼんやりと見ていた。

この人のことは、もちろん嫌いではない。でも、決して好みの男ではない。年齢が二〇も離れているから、しばしば世代間ギャップを感じるし、一緒にいて父娘《おやこ》と間違えられたことすらある。とくに身体の相性がいいというわけでもなければ、いわゆる「男の色気」を感じることもない。

とはいえ、五十路《いそじ》という年齢のせいか、わたしに言い寄ってくる同年代の男性よりも包容力はあると思う。一緒にいると、なんとなくホッとするし、気持ちが落ち着くのだ。

ふと、わたしの頭に「トランキライザー」という単語が浮かんだ。

『Tranquilizer』――精神安定剤、という意味の英単語だ。

はじめてこの単語と出会ったのは、大学受験に向けて必死に勉強をしているときだった。そして、その単語を覚えようとノートに何度も綴りを書きながら、「わたしに足りないのは、まさに精神の安定だよなぁ……」と、しみじみ思ったのをいまでも覚えている。

トランキライザー。

自分にとっての鍋田は、ただ、それだけの人なのかも知れない。

少し乱暴に唇を吸われながらわたしがそんなことを考えていると、アウディのボンネットのすぐ前を、コンビニ袋をぶら下げた長身の男が横切った――、と思ったら、その男がこちらを振り向いて、視線が合った。

えっ？　うそ……。

わたしは、唇を吸われたまま目を見開いた。

長身の男もまた、ギョッとした顔をした。しかし、男は少し慌てたように視線を外すと、そのまますたすたと遠ざかっていった。男の進行方向にあるのは、わたしの自宅だ。

どうして、よりによって、こんなときに――。

思わずわたしは顎を引いた。鍋田の唇が離れる。

心臓がバクバクと音を立てているのが自分で分かる。

「え……、里奈？」

キスを中断された鍋田は、ちょっぴり不安そうな顔をした。二〇も年上の男なのに、ふいにこういう表情を見せるところが少年みたいでズルい、とわたしはよく思う。

「えっと……、あんまり遅くなると、母が心配するので」

わたしは適当な嘘をついた。

「ああ、そっか。そうだよね。ごめん」

「いいえ。じゃあ、わたしは」

「うん。また明日、連絡するよ」

わたしは、言葉を返さず、ただ小さく笑みを浮かべてみせた。そして、膝の上にのせておいたカバンを手にすると、そそくさと車から降りた。

「今日は、ありがとうございました」

「こっちこそ」

アウディのドアを静かに閉めたわたしは、サイドウィンドウ越しに軽く会釈をしてから、ゆっくりと歩き出した。

背中に鍋田の視線を感じながら、深夜の住宅地の路地へと入っていく。いまさっきキスの現場を見られた男の足跡を辿るように。


ほどなくわたしは、自宅の玄関の前に立った。

とにかく心を落ち着けたくて、二度、大きく深呼吸をしてから引き戸に手をかけた。

引き戸は、カラカラと開いた。

予想通り、鍵は開いていた。というか、開けておいてくれたのだ。

兄の建斗が——。

つまり、兄は、車のなかでキスをしていたのがわたしだということに気づいていた……。

わたしは玄関でローヒールを脱ぎながら、もう一度、深呼吸をして気持ちを整えた。そして、

「ただいまぁ」

と、何食わぬ顔でリビングに入る。

先に帰宅していた兄は、テーブルに着いて缶ビールを飲んでいた。

「おう……」

と、よそよそしい返事がリビングに響く。

間違いなく兄も、わたしに対してどんな顔をすればいいのか困惑している。そう考えたわたしは、とりあえず何か言わなければ、と口を開いた。

「あ、えっと、お兄ちゃん……」

気まずい空気にリビングが凍りつきそうになったとき、背後のドアが静かに開いて、寝間着姿の母、麻美が現れた。

「里奈。いま帰ったの？」

「あ、うん。ただいま」

鍋田と会った日のわたしは、母の顔を見るのが少しつらい。

「こんな時間まで遊んで。タクシーで帰ってきたの？」

「えっと――」母の問いかけに答える前に、わたしはちらりと兄を一瞥《いちべつ》した。「タクシーじゃ、ないけど」

「じゃあ、電車もないのに、どうやって？」

「どうって……」

わたしは必死に頭を働かせた。会話に齟齬《そご》が生じないよう、自分の言動を振り返る。

ついさっき――、鍋田との情事の後、ホテルの部屋の鏡の前で化粧を直しながら、母からのメッセージに返信をしたのだった。友達と一緒にいます、と。

「友達が、車で送ってくれたんだよね」

「車ってことは、道花《みちか》ちゃん？」

母が嬉しそうに口にしたのは、中学から大学まで同じ学校に通ったわたしの親友の名前だった。

いつものわたしなら、適当に「そうだよ」と嘘をついて、この場をしのぐところだが、いま、目の前には兄がいる。さすがに、そんな嘘はつけない。

わたしは、ごくり、と唾を飲み込んだ。そして、できる限りさらりとした口調で答えた。

「ううん。今日は道花じゃないよ。仕事関連の友達」

「へえ、里奈が仕事関係の人と遅くまで遊ぶなんて、珍しいね」

言いながら母は、兄の正面の椅子に座った。

「そうかな？」

「ほら、だって、よく、『社会人になってからは、本当の友達はできない』って言ってるじゃない？」

「ああ、まあね。でも、わたしにも少しは、そういう友達もいるよ」

「そっか。いいよね、大人になってからの友達も」

疑うふうでもない母の視線が、むしろ心にチクチクして、

「じゃあ、わたし、さくっとお風呂に――」

と逃げようとしたところで、兄が低い声をかぶせてきた。

「里奈、お前、ずいぶん年齢のいった友達ができたんだな」

「え……」

言葉を失ったわたしは、じっと兄を見た。

兄は、ビールの缶に印刷された原材料の表記でも見ているような、とぼけた仕草をしていた。

「え、なに？　建斗は、里奈のお友達と会ったの？」

意外そうな顔をした母が、わたしと兄を交互に見た。

「まあね。いまコンビニで買い物してきた帰りに、バッタリね」

「ちょっ……」

わたしは、意思のある目で兄を見据えた。

「年上のお友達なの？」

母が、こちらを見た。

しかし、それに答えたのは兄だった。

「かなり、ね」

「べ、別に、そんなこと、どうでもいいでしょ」反射的にわたしは言葉をかぶせていた。「わたしの友達の年齢にまで、いちいち口出ししないでよ」

ふいに声を荒らげたわたしに、母は面食らったように固まった。そして、恐るおそる、といった感じで口を開いた。

「え？　ちょっと、どうしたの？　二人とも……」

「別に、俺は、どうもしないけど。ただ、里奈がまたやらかすんじゃないかって、心配してるだけだよ」

兄の言葉に、わたしは黙り込んでしまった。

「やらかすって……。まさか、里奈」

母の目に、不安の色が浮かび、眉間にシワが寄っていく。

母と兄、二人の視線を一度に浴びたわたしは、その圧に耐えられなくなって、つい「なに、悪い？」と挑戦的に言ってしまった。

「悪いって……、里奈、またなの？」

母の眉が、悲しげなハの字になる。

母のこの表情を見るのは何年振りだろう――。

わたしは、母を心配させてしまった罪悪感と、そんな自分への苛々と、内緒にしてくれなかった兄への憤りがないまぜになって、心臓にぶつぶつと鳥肌が立ったような最悪の気分を味わっていた。

「里奈、お前、もう三〇歳だろ？　さすがに学習しろって」

呆れたように言い放った兄は、ビールの缶を、コツン、と音を立ててテーブルに置いた。

その言い方は気に入らないけれど、しかし、兄の言葉はあまりにも正論すぎて、わたしには返す言葉がなかった。

じつは、大学生の頃にも、わたしは二〇歳近く年配の既婚者と不倫をしていた。しかも、その不貞が相手の奥さんにバレてしまい――、ある夜、奥さんが強面の弁護士を連れて自宅に押しかけてきたのだ。そのときの母と兄は、急にわけも分からず訴訟沙汰のすったもんだに巻き込まれ、大変な思いをしたのだった。

もっと言うと、その大騒動のあとも、わたしは十五歳離れた男と不倫をしていた。幸い、その不貞は誰にも知られないまま静かに破局を迎えていたのだが……。

「ねえ、里奈。もう、そういうのはやめようって、あのとき約束したよね？」

あえて不倫という単語を使わず「そういうの」と言った母を、わたしはじっと見詰め返した。睨んだ、と言ってもいいような目力で。

「そういうのって、なに？」

わたしは言い返した。

「なにって、それは――」

言葉を出しあぐねた母の代わりに、兄がストレートに言った。

「オッサンとの不倫に決まってるだろ」

「年齢差があるってだけで、不倫とは限らないでしょ？」

「じゃあ、さっきのオッサンとは、不倫関係じゃないのか？」

兄は、探るような目でわたしを見た。

「………」

唇を引き結び、答えられずにいるわたしに向かって、兄は「ふう」と嘆息すると、少し穏やかな声に変えて言った。

「俺、前から思ってたんだけどさ、もしかしてお前、ファザコンなんじゃねえか？」

ファーザーコンプレックス。

父親にたいする愛着障害のひとつだ。

「は？　わたしが、ファザコン？」

わたしは、とぼけたようにそう返したけれど、じつのところ、自分でもそれを疑っているところがあった。だから、わたしは、これまでに何度もネットで『ファーザーコンプレックス』について検索しては、自分がそれに当てはまるかどうかをチェックしていた。そして、結果は、わたしの懸念したとおりだった。念のため複数のサイトで試してみても、やはり結果は同じだった。

「俺も色々と調べてみたんだけどさ、ファザコンってのは、父親から過度な愛情を受けた娘と、逆に愛情を受けられなくて、それを渇望してる娘が陥りやすいらしいぞ」

「知ってるよ、そんなの」

「知ってんのかよ。じゃあ――」

「お兄ちゃん、ちょっと待って」

わたしは右手を前に出して、兄の言葉を遮った。

そして、母の方に向き直った。

「もしも、だけど――、わたしが本当にファザコンだったとしたら、責められるべきは、わたしなの？」

「え……」

母は両手をテーブルの上にのせた姿勢で固まった。

兄も何も言わず、じっとわたしを見ていた。

「わたしが生まれた年に、お父さんは失声症になったんだよね？　だから、わたしは自分のお父さんと会話をしたことがないの。っていうか、お父さんの声すら聞いたことがないんだよ？　そんな子、クラスには、わたし以外、一人もいなかったよ。小学生だったときは、クラスメイトから、そのことを何度も揶揄《からか》われたし、そのたびに、わたしはこっそり泣いてたんだよ。でも、泣いてる姿をお母さんに見せたらいけないと思って、いつもお風呂で泣いてたんだよ」

「里奈……」

眉をハの字にしたまま、母が椅子から立ち上がった。そして、わたしの方へと近づこうとしたとき、「来ないでっ！」再びわたしは声を荒らげ、母を立ち止まらせた。

「お父さんと会話ができないってだけでも、小さな頃のわたしにとっては苦痛だったのに、その次に待ってたのは離婚じゃん？　ねえ、幼少期のわたしの心を壊したのって、誰？　大人になってファザコンになったとしたら、それって、わたしが悪いの？」

「里奈……」

立ち尽くす母の口から、再びわたしの名前がこぼれた。

「わたし、ずっと忘れられないんだよ。お父さんが、この家から出ていったときのことが。記憶に染み付いちゃってて、ことあるごとに思い出しちゃって、悲しくなって、不安になって、息が苦しくなって――。わたしがお父さんを追いかけようとしたら、お母さん、思いっきりわたしの手を握ったよね？　あのとき手がすごく痛くて、お母さんのことが、すごく怖くなって……、そんな記憶まで、ずっとわたしは覚えてて、忘れたくても忘れられなくて。それなのに……」

わたしの言葉が潤み声になり、両目からぽろぽろと大粒のしずくがこぼれはじめた。

「里奈、ごめんね……」

かすれた声でつぶやいた母の頬も涙で濡れていた。

「ねえ、わたしのことをファザコンとか言うなら――」

「おい」今度は、兄がわたしの台詞を遮った。「もう、その辺にしとけって」

「だって、お兄ちゃんが――」

とわたしが声のトーンを上げた刹那、グシャ、と耳を不快にする音がリビングに響いた。兄がビールのアルミ缶を握り潰したのだ。

ふいに静かになったリビングに、母のすすり泣きの音だけが漂った。

潰れた缶を握ったまま、兄は低い声を出した。

「あの日の映像が頭にこびりついて離れないのは、里奈だけじゃないに決まってんだろ？　しかも、俺と母さんは、ある日、突然、父さんとしゃべれなくなったんだぞ。それまでは毎日、楽しく会話をしてたのに、いきなり、だぞ」

「…………」

「それとな、はたから見たら――っていうか、家族から見たら、里奈のやってることは単なる自虐的な行為なんだよ。いい加減、目ぇ覚ませって。いつまで自分で自分を痛めつけて、人生を無駄に費やすつもりなんだよ」

「それは――違うよ、お兄ちゃん」

「え？」

「自虐なんかじゃ、ないよ……」

むしろ救いなの。わたしは、ただ、壊れそうな自分を救ってるんだよ。必死に精神を安定させようと頑張ってるんだよ！

泣きながら、わたしは、胸裏で叫んでいた。

「自虐じゃなきゃ、何なんだよ？」

「…………」

「さっきのオッサンも、昔のオッサンも、里奈にとっては甘美な自虐の道具じゃねえのかよ？」

「そんなんじゃないよ。あの人は——」

「あの人は、なんだよ？」

兄は眉間にシワを寄せて、わずかに首を傾けた。

「彼は——」

そこでわたしは、いったん大きく息を吸い込んだ。そして、声を震わせながら言った。

「わたしの、トランキライザーなんだよ」

それから数秒間、兄も、母も、黙ってわたしの泣き顔を見詰めていた。そして、母が「里奈……」と言いながら、再びわたしに近づこうとした刹那——、

「お母さんだって、嘘つきじゃん」

わたしは、強い言葉を投げつけて母を固まらせた。

「わたしが、嘘つき？」

「そうだよ」

「どういうこと？」

「お母さん、わたしとお兄ちゃんに黙っていることがあるよね？」

「え……」

母の頬が、わずかにこわばった。

「なんだよ、それ？」

怪訝な顔をした兄が、母とわたしを見比べるようにした。

わたしは、兄に向かって言った。

「お母さん、わたしとお兄ちゃんに隠してるんだよ」

「だから、何を？」

「お父さんからの手紙」

「手紙？」

と、兄は片方だけ眉を上げた。

「そうだよ。そこの食器棚の下の扉のなかに引き出しがあるでしょ？　そのなかに、どっさり隠してるの」

「は？　ナニそれ。マジで？」

兄が、母を見た。

「…………」

母は何も答えられず、ただ視線を泳がせていた。

「ったく、何なんだよ」

兄は、天井を仰いで目を閉じると、「はあ」と深いため息をこぼした。

「ほらね。わたしのことばっかり悪く言うけど、ほんと、最低なんだよ、この家族」

わたしは、吐き捨てるように言って、くるりと踵を返した。そして、そのままリビングを出ると、風呂場の脱衣所へと逃げ込んだ。ガチャ、と乱暴な音を立てて内側から鍵をかける。

棚からバスタオルを取って、きつく顔に押し当てた。

下半身の力が抜けて、床にへたり込む。

肚の奥底から突き上げてくる黒いマグマのような感情を、わたしはそのまま嗚咽《おえつ》に変えた。


それから五分と経たず、嗚咽はおさまり、お尻をつけた床の冷たさが気になりはじめた。

その間、母も兄も、脱衣所の外から声をかけてはこなかった。リビングを飛び出したわたしに、どう接したものか、判断がつきかねているのだろう。

ほんと、扱いにくい女だよね、わたし——。

わたしは胸裏で自嘲すると、顔を埋《うず》めていたバスタオルを膝の上に置いた。

「はあ……」

天井を見上げ、湿っぽいため息をついた。思い切り泣いたことで、ついさっきまで全身の毛細血管に迸《ほとばし》っていた激情は蒸発していた。でも、その代わりに、わたしの内側は、ぼんやりとした虚無に支配されていた。なんだか身体も脳もスポンジみたいにスカスカで、自分がずいぶんと頼りない存在に感じられるのだ。

わたしは少しふらつきながら着ていた服を脱ぎ、浴室に入った。シャンプーなどを置いてある台に入浴剤があったので、それを湯船に入れてお湯に浸かる。

入浴剤は、甘く瑞々《みずみず》しい桃の香りがした。お湯のぬくもりがじんわりと沁《し》みて、全身の毛細血管が開いていく。

お風呂に逃げ込んで、よかったかも。

「はあ……」

わたしは、再びため息をついて目を閉じた。

すると、まぶたの裏に鍋田の顔が浮かんだ。

彼との関係は、もうとっくに限界が来てるんだよね。

わたしから終わらせないと。

正直、家族に指摘されるまでもなく、それは、だいぶ前から考えていたことだった。いつまでもトランキライザーの存在に頼っているわけにはいかないし、自分がファザコンだろうが愛着障害だろうが、いずれは自立しなければならない——と、頭ではちゃんと理解していた。理解しているのに、これまでに何度も同じミスを繰り返してきたのだ。原因は、自分の心の弱さだ。それを認めているからこそ、わたしはいつだって情けない気持ちに苛《さいな》まれてきたし、そんな自分に腹を立ててもきたのだった。

おそらく、自分にとってのトランキライザーは、ある種の「麻薬」なのだろう。うっかり、その甘美に身を浸した瞬間から、自分を律する理知的な思考は麻痺し、ぬるま湯のような安寧の泥沼から抜け出せなくなってしまう……。

そこまで考えて、わたしは目を開けた。

まぶたの裏にいた鍋田が、白い湯気のなかに霧散した。

鍋田は「仕事の関係者」として出会った男だ。いま、自分から関係を断てば、今後の業務に支障をきたすかも知れない。でも、それも仕方のないことだ。すべて自分の蒔いた種なのだから。

いざとなったら——、うん、退職すればいい。

そもそも、いまの仕事は、どうしてもやりたかった仕事ではないし、毎日、まじめに働いている理由も、仕事が好きだからではなく、義務感による部分が大きい。それに今後、ちょくちょく鍋田と顔を合わせながら仕事をすると思うと気鬱になる。

たまたま兄に密会の現場を見られて、母にいらぬ心配をかけた今日という日こそが、もしかすると彼との別れを決意すべき日なのではないか。兄に見られたのは天の配剤かも知れない。そうだ。そうに違いない。

湯船に顎まで浸かりながら、鍋田との関係を脳内で必死に「離別」へと推し進めていたわたしだが、しかし、次に浮かんだ言葉は「でも……」だった。

鍋田を失って、仕事も失ったら——。

わたしの心は、大丈夫かな?

そうなったときの自分を想像してみると、やはり不安で胸が重苦しくなってくる。不安になると、再びトランキライザーを求めてしまう弱い自分が頭をもたげてくる。

わたしは、どうしたら救われるんだろう……。

桃の香りに不確かな癒しを求めつつ、波のように揺れる気持ちに翻弄されていたら、ふと、五年前に別れた十五歳上の彼との離別を思い出した。

五年前の春――。

人生で二人目の不倫相手にハマっていたわたしは、泥沼化した関係に心を陰々滅々とさせていた。

いつまで経っても「妻とは離婚するから」という口約束を果たしてくれない彼に不信を募らせ、かといって、彼に嫌われるのが怖くて不満を口にすることもできず、わたしは八方塞がりに陥っていたのだ。

そんなある日の朝、気怠《けだる》げな足取りで会社に向かっていると、近所の空き地の一角に群生する花が目についた。

淡い紫色をした、少し背の高い花――。

その花が、かつて自宅の花壇に植えられていた紫花菜だと気づいたとき、ふとわたしの脳裏に、小学四年生の頃の父との筆談のシーンが甦ったのだった。

「ねえパパ、最近、バドミントン部の先輩たちと上手くいかないんだけど、どうしたらいいと思う？」

幼いわたしがストレートに相談すると、植物に詳しい父は手持ちのホワイトボードにこんなことを書いてくれた。

『木の細い枝に病気を見つけたときは、そこだけ切り落としてもダメ。思い切って、幹から枝分かれしている根元の部分を切ることが大事なんだよ。木のいちばん大事な「幹」を病気から守るんだ。そうすると、その木は元気になって、またのびのびと成長できる。人間関係も同じじゃないかな？　先輩たちと不仲になった原因の根元まで立ち返ってやり直せば、きっと上手くいくと思うよ』

そうだった。根元から断ち切るんだった……。

かつて父からもらったその言葉を「心のお守り」と決めた五年前のわたしは、十五歳上の彼のついた嘘も、幸せだった彼との思い出も、まるごと断ち切ろうと決意した。

そうして誰にも迷惑をかけずに不倫相手と別れることができたわたしだったが、しかし、その後の「心のお守り」の効果は頼りなく、すぐに気持ちがぐらぐらと揺れ出してしまった。独りぼっちになったことで胸の内側が煤《すす》けたような黒い不安でいっぱいになり、結局は、再びトランキライザーを渇望するようになっていたのだ。

そして、ある夜のこと——、母と兄が寝静まったあと、わたしは、それまでずっと知らないフリをしてきた食器棚の下の引き出しへと、こっそり手を伸ばした。毎月のように父から届く手紙のなかに、もしかすると言葉のトランキライザーがあるのではないか、と思ったのだ。

母が隠していた手紙の数は想像していた以上に多く、二段分の引き出しにぎっしりと詰め込まれていた。

わたしは、手前にある封筒から順番に手に取り、その中身を確認していった。

驚いたのは、すべての封筒に、毎回バラバラな金額のお札が入っていたことだ。さらに、お札のほかに、とても丁寧な文字で書かれた手紙が同封されていた。手紙の内容は、決して長文ではないけれど、ひとつひとつ誠実に選んだ言葉で紡がれていることは充分に伝わってきた。

五通目の手紙に目を通しているとき、それまで唇を噛んでこらえていたわたしの涙腺が、ついに決壊した。しずくが頰を伝い、簡素な一筆箋の上に、ひた、と落ちた。そのしずくは紺色のペンで書かれた『里奈は、だいぶ大きくなったこと――』の「奈」の字をわずかに滲ませた。

わたしは、さらに六通目、七通目――と読み進めていった。

穏やかな人柄が伝わる文面には、母の名も、兄の名も、何度も登場した。

そして、すべての手紙を読み終えたとき、わたしは誰もいないリビングの天井に向かってつぶやいた。

「会いたいよ、お父さん……」

声に出したら、その気持ちが一気に増幅された。

会いたいなら、会いに行けばいいよね？

わたしの、本当のトランキライザーに。

そして、その週の土曜日の朝、わたしは朝食を食べている母と兄に嘘をついた。

「なんか急に友達にドライブ行きたいって言われちゃってさ。今日、ちょっとお母さんの車を借りていい？　ガソリンは満タンにして返すから」

「それは、いいけど――、里奈はペーパードライバーみたいなものなんだから、運転は気をつけてね」

少しも疑うことなく車のキーを手渡してくれた母に「うん。気をつける。ありがとう」と微笑んでみせたわたしは、食事を終えるとさっそく車に乗り込み、エンジンをかけ、カーナビに住所を入力した。

父の手紙の文末に書かれていた桑畑村の住所を。

よく晴れた春空のもと、わたしはアクセルを踏み込んだ。

地元の街を抜けて高速道路に乗ったわたしは、途中で一度サービスエリアに入り、トイレ休憩を挟んだ。そして、そこからは一気に桑畑村へとアクセルを踏み続けた。

——ようこそ清流の里　桑畑村へ
と書かれた看板の脇を通り過ぎたときは、すでにお昼を回っていた。

この村には、幼少期に何度か父の植樹を手伝うという名目で訪れていたはずなのだが、大人になったわたしの記憶からは、そのほとんどが抜け落ちていた。しかし、たったひとつ、わたしの脳裏にこびりついている印象的な光景があった。それは真澄川が放つ透明なエメラルド色のきらめきだった。

川沿いの道路を走っているとき、わたしは何度もその澄み切った流れを見下ろしては感嘆のため息をこぼした。

真澄川から少し離れた高台には、小さな集落があった。そこは寂れた山村の風景には馴染まない、新興住宅地のような家々の集まりだった。わたしは、その集落をゆっくりと抜け、さらに山奥へ続いていきそうな道路へと車を進めた。

やがてカーナビが「まもなく目的地です」と長旅の終わりを告げた。わたしは車の速度を落とし、フロントウインドウの先に目を凝らした。

父の家は、すぐに見つかった。

そのとき視界のなかにある人家は、一軒の古びた平屋だけだったのだ。

あれが、お父さんの……。

胸裏でつぶやいたわたしは、無意識に眉をひそめていた。なにしろ一見して小さく粗末な家であることが分かってしまったのだ。

複雑な思いを抱きながら、わたしはいったん、その家の前をゆっくりと通り過ぎた。そして、五〇メートルほど進んだところの路肩で停車した。

車から降りたわたしは、まず、森の匂いのする清々しい風を肺いっぱいに吸い込んで、大きく深呼吸をした。なにしろ十五年ぶりに父と会えるかも知れないのだ。なるべく緊張を解きほぐしておきたい。

よし――。

声に出さず意を決したわたしは、少し離れたところにある父の家に向かって歩き出した。

一歩一歩、近づくにつれて、家屋の様子が見えてくる。

色褪せた小豆色の屋根。くすんだ枯れ木の色をした壁。昭和を彷彿させる磨りガラスの窓。しかし、その小さな平屋を囲う背の低い生垣だけは綺麗に手入れされていた。

わたしは、古びた木製の門扉の前に立った。

左側の門柱は悲しいほどに内側に傾いていて、そこに付いているはずの扉が無かった。つまり、家屋の玄関が外から丸見えなのだ。

あばら家――。

わたしの頭のなかに、淋しい単語がちらついた。

左右の門柱を見ても呼び鈴が無いので、恐るおそる敷地のなかへと足を踏み入れ、玄関の前に立った。しかし、そこにも呼び鈴は見当たらない。

わたしは、いったん両手で胸を押さえ、深呼吸をした。

そして、粗末な木枠の引き戸を控えめにノックした。

コン、コン。

わたしは、耳をそばだてて家のなかに意識を集中させた。

しばらく待っても、応答は無かった。

正直、少しホッとしかけたわたしだったが、もう一度、勇気を振り絞り、コンコン、とさっきより強めにノックをした。

小さな家だ。これで聞こえないはずは、ない。

しかし、あばら家のなかで人が動く気配は無かった。

今日は土曜日だけど、仕事に行ってるのかな……、っていうか、お父さんは、いま、どんな仕事をしてるんだろう？

わたしは、毎月送られてくる茶封筒を思い出しながら門の外へと出た。そして、様子見として、生垣の周りを歩いてみることにした。

まずは、左手から――。

背の低い生垣越しに家屋と庭の様子を観察しつつ、ゆっくりと歩く。

破れた網戸。一部が外れて傾いた雨樋《あまどい》。裏返しにして地面に置いてある青いバケツの近くには、うっすら苔むしたコンクリートの円柱があった。そこには蛇口がついているから、つまりは井戸なのだろう。

生垣の奥まで達すると、小さな裏庭が見渡せた。

と、そこでわたしは足を止めた。

家の裏側には掃き出し窓があり、その下には沓脱《くつぬ》ぎ石が置かれていた。石の上には使い古された一足のサンダルが几帳面に並べられている。

父は、あそこから裏庭へと出入りしているのだ。

そして、裏庭の手入れをしている。

わたしは、その小さな裏庭に釘付けになり、しばらくのあいだ、ぼんやりと眺め続けていた。

すると、次の刹那、視界の隅で何かが動いた。

わたしは、ハッとして、そちらに視線を送った。

視線の先――、つまり通りの向こうから、一人の男がふらふらと歩いてくるのが見えたのだ。

男は、くたびれたグレーのジャンパーのポケットに両手を突っ込み、少し背中を丸めて歩いていた。痩せこけた頬。無精髭。白髪まじりの蓬髪。日に焼けた皮膚。目尻の深いシワ。

その男の容貌は、わたしの遠い記憶のひだにザラリと触れた。

お……、父さん……。

と、胸裏でつぶやいたとき、ふいに顔を上げた男と視線が合った。

穏やかな、あのまなざし――。

実年齢以上に年老いて、みすぼらしい姿になってはいたが、その男は紛うことなきわたしの父だった。

父は、生垣越しに自分の家を覗き込んでいる若い女――わたしを不審に思ったのだろう、その穏やかで澄んだ目が、あっという間に訝《いぶか》しげな色へと変わった。

完全に怪しまれてしまったわたしは、弾かれたように回れ右をして、父とは逆の方――、つまり、車を停めてある方へと歩き出した。そして、そのまま少しずつ歩く速度を速めていき、しまいには小走りになって車へと逃げ込んだのだった。

荒い息をつきながら、わたしはルームミラーで後ろを確認した。しかし、通りからはすでに父の姿は消えていた。どうやら家に入ったらしい。

「はあ……」

わたしは大きく息を吐き、両手をハンドルの上に置いた。そして、いま見たものを反芻しながら思考を巡らせた。

あばら家。変わり果てた父の容貌。どう見ても粗衣粗食を思わせるのに、毎月、うちに送金してくれていたという事実。綺麗にしていた生垣。そして、あの裏庭……。

相変わらず植物が好きなんだね――。

「お父さん……」

と、つぶやいたわたしは、記憶の奥の方から染み出してきた涙を散らそうと、車のエンジンをかけた。そして、カーナビを操作し「帰宅」ボタンをタップした。

長いドライブを終えて自宅に戻った頃には、すっかり夜になっていた。

「里奈、今日は、どこまで行ってきたの？」

風呂から上がり、すでに寝間着に着替えていた母は、のんきな感じでそう訊いてきた。

「どこって——、海に行ってきたよ」

わたしは、再び嘘をついた。

「海かぁ。今日はいい天気で気持ちよかったでしょう」

「うん。海風が、めっちゃ気持ちよかった」

「お母さんも、久しぶりに海に行きたいなぁ」

遠い目をした母を見ながら、わたしは父のことを想っていた。

離婚なんて、しなければよかったのに——。

胸裏でそっとつぶやいて、わたしは「じゃ、わたしもお風呂に入るね」と言って、着替えを取りに自室へと向かった。

その日以来、わたしは桑畑村を訪れたことはないし、もちろん父に連絡を取ったこともない。母が隠している手紙を読んだこともなければ、母と兄に父の話を振ったことすらなかった。ただ、時々、背中を丸めて歩く父のくたびれた顔と、うらぶれた暮らしぶりを憶っては、胸の奥に湧き上がる甘い鈍痛を味わってきただけだ。


お父さん、元気に暮らしてるかなぁ——。

入浴剤の桃の香りに包まれながら、わたしはそっとため息を洩らした。

すると、ふいに、脱衣所の外から母の声が聞こえた。

「里奈……、大丈夫？」

気遣わしげなその声に、わたしは返す言葉を見つけられなかった。しかし、ずっと黙っていたのでは、あまりにも大人げない。

「大丈夫だよ」

とりあえず、そう答えた。

「そう。なら、よかった」

「うん」

「………」

母もまた、続く言葉を見つけられないようだった。

「ごめんね。わたし……」

感情的になって取り乱して。お母さんに心配ばかりかけて。また馬鹿なことをして。あの人とは、すぐに別れるから――。どれもが続く言葉としては正解なようでいて、しかし、しっくりくる表現でもなくて――、結局、尻切れとんぼにしてしまった。

すると母は、少し明るめの声で返してくれた。

「じゃあ、お母さんは先に寝るね。明日の朝は、ふつうに『おはよう』って言い合おうね」

仲直りしよう、ではなくて、おはようって言い合おう。

この言い方は、なんだか、とてもお母さんらしくて素敵だな――。

素直にそう思ったわたしは、湯船のお湯をそっと両手ですくって、そのまま顔を洗い流した。ふいにぽろぽろとこぼれ出した涙を洗い流したのだ。

そして「うん」と答えたわたしは、明日の朝、母に「おはよう」と言う前に、自分からこう言った。

「おやすみ、お母さん」

「うん、おやすみ」

どこかホッとしたような声を残して、脱衣所の前から母の気配が遠ざかっていった。

わたしは湯船のなかで立ち上がり、縁に腰掛けた。

少し温まりすぎた身体を冷ましながら「ふう」と息を吐く。

優しい母は、父からの手紙を隠していた。

自分もまた、桑畑村で父と遭遇したことを隠している。

離婚後の父の風貌や暮らしぶりを垣間見たのは、自分だけ。垣間見たからこそ、父からの仕送りや、手紙に書かれた言葉の意味合いが、自分には分かる。

そう思うと、なぜだろう、どこか仄暗いような喜びが胸の浅いところでとぐろを巻いたような気分になるのだった。

わたしは、汗の浮いた額を手の甲で拭った。

そして、あらためて、小学四年生の頃に父から教えてもらった言葉を思い出し、自問した。

いまのわたしは、いったいどこまで遡って、病気の枝みたいな人生を断ち切ればいいの——。

第五章　松下建斗

正午を知らせる古めかしいチャイムが響き渡った。

すると、さっそく同期入社の高柳《たかやなぎ》が背後から声をかけてきた。

「けーんちゃん、飯行こうぜ」

「え？　ああ……、うん」

振り向いて答えた俺は、今朝からぼんやりと眺めるばかりだったノートパソコンを閉じて立ち上がった。

本音を言えば、今日は一人でランチを摂りたい気分だったのだが、こうして陽気な高柳に声をかけられると、なんとなく、まあ、それもアリかな、と思ってしまう。

「建斗は、ナニ食いたい？」

肩を並べて歩きながら、高柳が訊いてきた。しかし、

「うーん、そうだなぁ……」

と俺が首をひねっているそばから、おしゃべりな高柳はさっさと言葉をかぶせてくる。

「じつは俺さ、昨日の夜、飲み屋で知り合った女の子たちと飲みすぎちゃって、けっこう胃が荒れてるんだよね。だから、揚げ物はちょっと避けたいんだけど」

「お前、相変わらずそっちは元気だなぁ。じゃあ、まあ、ナニ食うかは任せるよ」

「サンキュ、けんちゃん」

「だから、けんちゃん、はやめろって。いい歳して恥ずかしい」

「はーい。分かりました、けんちゃん」

「お前なぁ――」

いつものように戯《じゃ》れ合う俺たちは、昼時に混雑するエレベーターには乗らず、階段を使って三階から一階へと降りていった。その間に高柳が、「最近、国道沿いにできた蕎麦《そば》屋が美味いらしいよ」と言うので、今日はその店に行ってみることになった。

社屋の外に出ると、高柳はパステルブルーの春空をまぶしそうに見上げて目を細めた。

「うわ。今日は、暑いくらいの陽気だな」

「うん。ほとんど初夏だね」

答えながら俺はネクタイをゆるめた。バレンタインデーに妹の里奈が「どうせお兄ちゃんは、チョコはたくさんもらえたんでしょ。だから、はい、これ」と言ってプレゼントしてくれたブルーとクリーム色のネクタイだ。

「いよいよ地球温暖化もここまで来たか」

歩きながら高柳もネクタイをゆるめた。

「最近は、もう、地球沸騰化って言うらしいよ」

「言うらしい——って、ずいぶんと他人事《ひとごと》みたいじゃん」

「ん、どういう意味？」

「おいおい。そもそも、沸騰化を止めるという体で、一応、俺たち職員は、日々、せっせと働いてるわけだろ？　ま、どうせ無理だけど」

そう言って、悪戯っぽく笑った高柳は、スーツの襟につけた緑色のピンバッジを指差した。同僚の職員全員がつけている、樹木をかたどったバッジだ。

「まあ、たしかに、無理だろうな」

と、俺も苦笑する。

俺たちが勤めている職場は、かつて政府の事業仕分けで潰されそうになったにもかかわらず、さくっと名称だけすげ替えて生き残った公益社団法人だ。日本整地緑化推進協会という、たいそうな組織名が付けられてはいるけれど、ようするに民自党と、その権力にすり寄る御用学者たちと徒党を組んで、新たな公園の開発やら、国有地の整地に関する調査やら、一般人向けの植林体験やら、緑地化の啓蒙活動やらを進めることで、権力者たちの権威づけやキックバックに貢献し、ついでに高級官僚たちの天下り先として重宝される職場だ。一般企業でいうところの親会社、もしくはクライアントが「国」なわけで、ある意味、安心安全の親方日の丸でもある。よほどのことがなければ潰れることはないし、民意によって「不要」だと指弾されても、また名称を変えるなりすれば、今後もぬくぬくと生き残っていけるだろう。

仕事のやり甲斐を捨て、正義感も捨て、悪に目をつむり、暇と戦い、死んだ魚の眼をした上司に異議を唱えたりせず、ただひたすらおとなしく、言われたことさえしていれば、年功序列でゆっくりと昇進し、そこそこの給料をもらえて、生活が安定する。つまり、かつての父のように職を失って家族を不幸にしたりする心配はない。そういう「素晴らしい職場」だと、俺は自嘲しながら日々を過ごしていた。この職場に蔓延している虚《うつ》ろな空気、つまり、「人生の大切な何かをあきらめたドライで虚しい感じ」は、陽気な高柳ですら抱えているし、先輩たちも後輩たちも感じているに違いない。ただ、その感覚に、皆が、あえて気づかぬフリをしているだけだ。俺は、そう確信している。

二分ほど国道沿いの歩道を歩いていると、ふいに高柳が「あちゃー」と声を上げた。

「どうした？」

「ほら、あそこ。もう店の前に五人くらい並んでるわ」

そう言いながら、高柳が前方を指差した。見ると、たしかにスーツ姿の男たちが歩道に列を作っている。

「まあ、あれくらいなら、いいだろ」

なにしろ、あの店は蕎麦屋なのだ。おそらく客の回転はいい。待たされたとしても、さほどではないはずだ。

「だよな。しっかし、腹減ったなぁ。俺、天ぷら蕎麦食べよっと」

「はぁ？　お前、胃が荒れてるんじゃねえのかよ？」

「あっ、そうだった。なんか俺の胃袋、店を見た瞬間から急にやる気を出してきやがった」

そう言って高柳は、自分のお腹をポンポンと叩いてみせた。その腹を、俺も横から叩いてやる。そして、揶揄《やゆ》するように言った。

「つーか、高柳、最近ちょっと腹が出てねえか？」

「うっ、バレた？」

「なんか、この辺、ぷよぷよしてるぞ」

言いながら、俺は、高柳の脇腹のたるんだ肉をつまんだ。

「ちなみに、お前がいまつまんでるその肉、浮き輪って言うらしいぞ」

「あはは。らしいね」

笑いながら、俺たちは列の最後尾に並んだ。

「笑ってるけどさ、けんちゃんだって、俺と同じ三五歳の中年なんだから、油断してるとこうなるからな」

「俺はならねえし、けんちゃん言うな」

「あ、そうだったな、けんちゃん」

揶揄われた俺は、再び高柳の脇腹をつまんだ。そして、ニヤリと意味深な笑みを浮かべて返した。

「けんちゃん言うなってば、浮き輪くん」

「いや、それは本当にやめて」

高柳の眉がハの字になったとき、前に並んでいたうちの二人が、さっそく店内へと呼び込まれた。


結局、俺たちはそろって天ぷら蕎麦を食べて満足し、近くの喫茶店で残りの昼休みの時間をアイスコーヒーと共に過ごすことにした。

窓に向かって座るカウンター席に着くと、高柳はスマホの画面を俺に見せた。

「これ、昨日の夜、出会った女の子の連絡先」

「おお。なんだよ、いい娘《こ》、いたのかよ」

「まあねぇ」

と、鼻の穴を広げた高柳だが、ここ二年ほどは女性にフラれてばかりの悲しい日々を過ごしている。そして、フラれるたびに俺を捕まえては、やけ酒に付き合わせてきたのだった。

「そっか。いい出会いがあって、よかったじゃん」

「あ、なんか、その言い方、上から目線な感じでムカつくな。可愛い彼女がいるからって調子こいてんじゃねえの？」

「馬鹿、んなわけねえだろ」

俺は、苦笑してアイスコーヒーのストローに口をつけた。

すると、再び高柳が横からスマホを差し出した。

「ほら、見ろよ。この娘」

画面には、高柳と女性が一緒に写った写真が表示されていた。二人の頬のあいだにビールのジョッキが挟まれていて、どちらも歯を見せて笑っている。

「なんか、その娘、ずいぶん若いな」

「だろ。なんと、二十歳《はたち》だって」

にやにやしながら、いわゆる「ドヤ顔」をしてみせた高柳に、俺は何食わぬ顔で訊いてみた。

「ちなみに、だけど……、十五歳も歳が離れてて、話は合うのか？」

「は？　合う合う。年齢なんて関係ねえって」

「そっか」

そういうものなのか――、と胸裏でつぶやいた俺の脳裏には、三日前の夜に見てしまった、げんなりするような光景がちらついていた。

「ただ、悲しいこともあったのよ」

スマホの画面を消しながら、高柳は情けない顔をした。

「悲しいこと？」

「うん」

「なに？」

「俺、この娘の手相を見てあげてたら、いきなり言われたんだよ」

「だから、なんて？」

「オッサン、手の触り方がキモぃ――って」

あやうくアイスコーヒーを吹き出しそうになった俺は、必死に飲み込んでから、ナプキンで口の周りを拭いた。

「あはは。その娘、最高だな」

「最低だよ」

「お前が昭和の下品なオッサンみたいなことしてっから悪りぃんだろ」

「まあ、それは否めねえけどな。でもさ、最近は、昭和のオッサンを『可愛い』っていう娘もいるらしいじゃん」

「ほんとかよ。そんな娘、見たことねえぞ」

「ま、俺もないんだけどね」

高柳は、とぼけた顔で舌をペロリと出した。

「オッサンがモテるなんて、幻想だって」

言いながら、俺は、また里奈の顔を思い浮かべてしまった。

「やっぱ幻想かぁ。じゃあ、俺、またフラれんのかなぁ。そうなったら、やけ酒には付き合えよ」

「またかよ」

「俺、けんちゃんにだけはフラれたくないから」

と、高柳がふざけた顔をしたとき、カウンターの上に置いておいたスマホが振動した。

「あ、電話だ」

言いながら俺は端末を手にした。

画面に表示されているのは、見知らぬ番号だった。

「ん？　誰だ、これ……」

もしかすると、たまたま番号を登録し忘れた、仕事関連の人かも知れない。俺は、その電話に出てみることにした。

「もしもし」

「あ、もしもし。突然すみません。私は檜山という者ですが」

檜山？　知人にはいない名前だった。声の感じからすると、俺よりもだいぶ年長の男のようだ。

「はい……」

「こちらは、建斗さんの携帯で？」

「え……」

いきなり知らない相手から、下の名前で呼ばれた俺は、眉を寄せて固まった。

「もしかして、違いますか？」

「あ、いえ。私は、松下建斗、ですが……」

俺は、あえてフルネームを伝えた。

「ああ、松下……、そうか。そうですよね、いまは山川じゃないんですよね」

山川――。それは両親が離婚する前まで使っていた苗字だ。それを知っているこの男は、いったい……。

「あの、すみません。どちらの檜山さんでしょう？」

訝しみながら俺は訊いた。

その様子を、横から高柳が興味深そうに見ている。

「私は――、ええと、桑畑村というところに住んでいる、あなたのお父さんの友人……と言えば、分かりますかね？」

「え……」

桑畑村という単語は、俺の心臓を一拍だけスキップさせた。

「じつは、こういうのを私からお伝えするのも、なんていうか、アレなんですけど……」

檜山という男は、妙に遠回しな言い方をした。

「はい……」

「昨夜、あなたのお父さんの忠彦さんが、亡くなりまして」

フッ――

と、俺の周囲から音が消えた。

亡くなった？

あの父が？

なぜ？

どこで？

俺の脳裏で、記憶のなかの父の顔が明滅した。

それは、離婚をして、あの家から出ていくときの、女々《めめ》しく惰弱な目をした男の顔だった。

「急なことで、正直、私も驚いたんですけど……」

「………」

「何というか、ご愁傷様です、と言うのがいいのか……」

檜山は、口のなかでもごもごと言ってから、小さく「ふう」と嘆息した。

「ええと、分かりました。知らせて下さって、ありがとうございます」

俺は、脳内でバラバラになりかけた思考を、なんとか掻き集めて、大人として最低限の言葉を口にした。

「いいえ」

「ええと、それで――」

俺は先を促した。

「ああ、えっと……、忠彦さんは、雨の夜、道端で倒れているのを発見されて、そのときにはもう亡くなっていたそうで」

搬送された病院の救急医と、地元のかかりつけ医の話から、弱っていた心臓の発作が原因だったことが分かった、と檜山は言った。事件性がなかったことで、検視も短く済んだらしい。

「で、私がこうして電話をした理由なんですけど」

本題を切り出す前に、檜山は深呼吸をしたようだった。

「忠彦さんには身寄りがないでしょう。だから、村で仲良くしていた有志で、せめて簡易的にでも葬式をやろうってことになって。もし、よかったら、最後にお父さんの顔だけでも拝んでもらえたらと思って」

あの父の葬式に、自分が……。

「ええと……、正直、いますぐには、お答えし兼ねるんですけど」

そう言いながら、俺は、母と妹の顔を思い浮かべた。この訃報を伝えたら、二人は葬式に出ると言うだろうか？

「そう……ですか。そう、ですよね」

檜山は、なぜか、自分で自分に言い聞かせるような口調で言うと、「とにかく、念のために」と、葬儀の日時を俺に伝えた。

「気が向いたら、この電話番号に連絡して下さい。ご家族が来てくれたら、きっと彼も喜ぶと思うんで」

そう言って檜山は、俺との会話を閉じようとした。

しかし、俺には、まだ訊かなければならないことがあった。

「あ、ちょっと、すみません」

「はい？」

「ええと、失礼かも知れませんが」俺はそう前置きをしてから続けた。「檜山さんは、どうして私の携帯番号をご存じなんでしょうか？」

「ああ、それは、生前のお父さんから聞いていたので」

「父から？」

「はい。自分にもしものことがあったら、ここに連絡して欲しいって」

「私の電話番号を、父が――」

「はい」

父が家を出たとき、すでに俺は十五歳で、携帯電話を持っていた。そして、その後、電話番号を変えたことはない。

「そうでしたか……」

「じつは、この電話より先に、私は、お母さんの方に電話をかけたんです」

「母に？」

「ええ。麻美さんに。でも、何度かけても出てもらえなくて」

檜山は、母の名前も知っていた。自分の名前を知っているくらいだから、当然と言えば当然だが、なんとなく薄気味悪いような気もする。

俺は、そんなことを考えながら言った。

「それは、すみませんでした。母は、知らない電話番号には出ないんです」

　整体院の新規の客からの電話は、基本的に固定電話の方にかかってくる。だから携帯は、番号を登録した相手からの電話にしか出ないのだ。

「ああ、やっぱり、そうでしたか」

「せっかく電話をして下さったのに、すみません」

「いえいえ」と、檜山は少しホッとしたような声を出した。そして「妹さんも、お元気ですか？」と続けた。

「え？　あ、はい」

　里奈のことも知っているらしい。

「そうですか。それはよかった。では、葬儀の件、ご連絡をお待ちしてます」

「はい。わざわざ、ありがとうございました」

　丁寧にそう言って、俺は檜山との通話を終えた。

「はあ……」

　無意識に、深いため息がこぼれた。そのまま、なんとなく窓の外の人の流れを見ていると、横から声がした。

「おい」

　高柳だ。

「あ、うん」

「どうした？　一人で遠い目をして」

「あー、なんていうか……、いまの電話、訃報だった」

「え？　誰の？」

高柳は眉根を寄せた。

「元、俺の父親だった人」

「………」

「つっても、もう二〇年も会ってないけどな」

なるべくさらりと言った俺は、「なんか、やれやれ――って感じだろ？」と、呆れたように笑ってみせるのだった。


その夜は、久しぶりに家族三人で食卓を囲んだ。

母と妹は、いつ仲直りをしたのか、何事もなかったかのように談笑しながら箸を口に運んでいた。だが、里奈にたいして大人げない嫌味を口にしてしまった（という自覚のある）俺は、さすがに気まずさを味わいながらのよそよそしい夕食を味わうハメになっていた。しかも、昼間の檜山からの電話が頭にこびりついて離れないから会話も上の空になりがちだった。

時折、母が気を遣って俺に話題を振ってくれても、つい空返事をしてしまう。そして、テーブルの上のよそよそしい空気がいっそう澱んでいく。その繰り返しだ。

俺と里奈にとっては、実の父親の――、母にとっては、元夫の訃報。しかも、その葬儀に出るか否かという重たい質問つきの報告だ。

せめて、夕食が終わってから話そう……。

俺は、ひとり悶々としながら味の分からない食事をするのだった。

ようやく気詰まりな夕食を終えると、母は、整体院のお客さんからもらったという紅茶を淹《い》れてくれた。イチゴの香りのするデザートティーだった。

俺は、それをひと口飲んで、呼吸を整え、そして口を開いた。

「あのさ、二人に、ちょっと話があるんだけど、いいかな——」

俺の、少しあらたまったような物言いに、母と妹は怪訝そうな顔をした。

「え、なに……？」

言いながら里奈は、手にしていた紅茶のカップを置いた。

「えっと、夕飯が終わるまで、あえて黙ってたんだけど……、じつは、昼間に、桑畑村の人から電話がかかってきたんだよね」

昼間の俺と同じく、桑畑村という単語に反応した二人は、ハッとした顔で固まった。

「なんか、檜山さんっていう人でさ」

「えっ……」

母が、短い声をこぼした。

「あ、その人、母さんのこと、知ってるみたいだったよ。最初は母さんの携帯に電話をしたんだけど、ぜんぜん出ないから俺のところにかけてきたんだって」

「そう……」

母は、何か言いたげな顔のまま口を閉じた。

「とにかく、結論から言うと、その檜山さんて人に、俺、言われたんだ」

そこで俺は、ひとつ深呼吸をして、続けた。

「あの人が、死んだって――」

「…………」

「…………」

母と里奈は、瞬きを忘れたまま声を失い、ただ、じっと俺を見詰めていた。

あの人が――と言った自分の声が、なぜだろう、俺にはずいぶん遠くから聞こえた気がしていた。

「うそ……でしょ?」

先に唇を動かしたのは里奈だった。

里奈は両手を口に当て、下まぶたに涙を溜めていた。

それを見た母は、ゆっくりと深呼吸をしてから、「それで?」と俺に先を促した。

「死因は、心臓発作だったって。雨の夜、道端に倒れてるのを発見されたらしくて――」

それから俺は、檜山と交わした電話でのやり取りをトレースするように二人に話して聞かせた。

俺が話しているあいだ、リビング全体が鬱の沼に沈んでいくような空気になった。そして、ひと通りしゃべり終えて口を閉じたときには、寂々とした里奈のすすり泣きだけが虚空を漂っていた。

「で、ここからは、二人に相談なんだけど」

俺は、いったん「ふう」と息を吐いて気持ちを整えた。

「檜山さんが言うには、あの人と仲良くしてた村の有志の人たちが、土曜日に簡易的な葬式をやるらしくて――」

うつむいていた母と里奈が、ゆっくりと顔を上げた。

「で、俺たち三人にも、その葬式に出席して欲しいって」

里奈のすすり泣きが止んで、急にリビングが静かになった。
チ、チ、チ、チ、チ、チ、チ……。
壁に掛けた時計の秒針の音が、妙に大きく聞こえる。

「二人は、どう思う?」

俺は、母を見て、里奈を見た。

「行こうよ」

里奈が言うのと同時に、母が首を横に振っていた。

「駄目。行かない」

真逆の答えを口にした二人が、ゆっくりと顔を見合わせた。

「え、どうして?」

里奈の問いかけに、母は一瞬、言葉をつかえさせた。

「どうしてって……」

「死んじゃったんだよ、お父さん」

「でも……」

里奈が、再びすすり泣きをはじめた。

それを見ながら、母は静かにため息をついた。

「ごめんね、里奈。やっぱり、お母さん――行けない」

「お兄ちゃんは？」

涙で揺れる里奈の瞳が、こちらを向いた。その視線に気圧《けお》された俺は、ごくり、と唾を飲み込んだ。

「俺は……」

もしも行かなかったら、おそらく、この先の人生、心の奥に小骨が刺さったまま生きていくことになるだろう。逆に、行ったら――、父と仲良くしていたという村の人たちから、どんな目で見られるのだろう？仮に、その視線に耐えられたとしても、あの人の死に顔と対面した自分は、いったいどんな気分になるのだろう？　その気分こそが、むしろ心の奥に残る小骨になるのではないか？

そこまで考えて、俺は冷静に答えた。

「俺も、行かないよ」

里奈の目に落胆の色が浮かぶ。

すると母は、隣にいる里奈の背中にそっと手を置いて、諭すように言った。

「わたしたちは、出席しない方がいいの」

「………」

里奈は何も答えず、ただ泣いていた。

母は、里奈の丸まった背中をさすりはじめた。そして、この夜いちばん、俺の心をひやりとさせる台詞を口にしたのだった。

「だって、家族のお葬式じゃないんだから……」


乱れたシーツの上で、俺は仰向けになっていた。

間接照明の灯《あか》りが、安っぽいラブホテルの天井を淡いマンゴー色に照らす。その甘い色をぼんやり眺めていたら、なんだか子供時代に見た夕照に似ているな、と思った。

「ねえ、建ちゃんってば」

隣から伸びてきた春菜《はるな》の手が、俺の顎を引いた。

「ん？」

枕の上、俺は頭を転がして春菜の方を向く。

同僚の高柳が「美人だ」と羨む小顔が、鼻と鼻が触れ合いそうな距離にあった。

「今日、なんか変だよ」

春菜の手が頬へと移動し、優しく押さえられた。

「え、俺が？」

「うん。なんか、デート中もずっと上の空だったたし――、いまだって、わたしのこと……、ちょっと雑っていうか、乱暴に扱ってた気がするんだけど」

「乱暴？」

「うん」

春菜は、いま終えたばかりのセックスについて言っているのだ。

「そう――かな。ごめん……」

若干、心当たりのある俺は、軽くとぼけつつ謝った。

「まあ、いいけど。わたし、こういうプレイみたいな感じも嫌いじゃないし。でも、たまに、にしてね」

「ごめん」

今度は少し真摯《しんし》な気持ちで謝った。

五つ年下の春菜は、いつだって心が安定していて優しい。それにたいして、くさくさした気分が行動に出てしまった自分を俺は情けなく思う。

「ねえ、建ちゃん」

「ん？」

「何か嫌なことがあったりしたら……」春菜は俺の首元に顔を埋めるようにして言った。「わたしに話して欲しいかも」

俺の頬にあった手が、首から胸の上へと滑るように移動した。ひんやりとしてやわらかなその感触が、かさついた俺の気分を少し落ち着けてくれる気がした。

「分かった。でも……」

「でも？」

「ちょっと、変なこと言うかも知れないけど」

「変なことでも、いいよ」

「そっか」

ふう、と俺は息を吐き、顎の下にある春菜の髪を軽く撫でながら口を開いた。

「じつはさ、いま、葬式の最中なんだよね」

「え……誰の？」

春菜は、埋めていた顔を引いて俺を見た。

「俺の、親父」

「…………」

「まあ、親父って言っても、離婚して家を出て行ってから、もう二〇年くらい会ってない人だからさ、関係ないっちゃ、ないんだけど」

「でも……」

「ん？」

「建ちゃんが、お葬式の日を知ってるってことは――、声をかけられたんだよね？」

「ああ……、まあ、うん。いきなり知らない人から電話がかかってきてさ、親しかった仲間内で葬式をやるから、よかったら顔を出さないかって」

「で？」

「断ったから、ここにいるんだよ」

そう言って俺は、なるべくさらっと微笑もうとしたのに、いまいち上手く笑えなかった気がする。

「ねえ、本当によかったの？　出なくて」

恐るおそる、といった感じで春菜が訊ねた。

「まあ、うん。うちの家族は誰も出ないってことになったから」

「ご家族って、お母さんと、妹さん？」

「そう」

「そっか。そうだったんだ」ひとりごとのようにつぶやいて得心した春菜は、「それで……」とまで言って口を閉じた。

しかし、その言葉の続きは、俺の脳裏で紡がれた。

それで……今日は、いつもの俺じゃなかったのだ。なにしろ実の父親の葬式が執り行われている最中に、恋人とデートをしてセックスに興じている自分が、なんだかこの世界の異物のように感じられて――、しかも、そのくすぶった気分を晴らそうとでもするかのように、春菜の身体を少し乱暴に扱ってしまって……。

「なんか、ごめんな、ほんと……」

三たび謝った俺に、春菜は穏やかな声で返した。

「もう、謝らなくていいよ。話してくれて、ありがと」

微苦笑した春菜は、再びその小さな顔を俺の首元へと埋めた。

俺は少しずり落ちていた掛け布団を引き上げて、春菜の華奢な肩がすっぽりと隠れるようにしてやった。

顎の下にある春菜の髪の毛から、シャンプーの匂いがする。その匂いと、腕のなかのやわらかな存在に気持ちがほぐされて、俺は再びマンゴー色の天井を眺めながらぽつぽつとしゃべり出した。

「死んだ親父さ」

「……………」

「長いこと、声を失くしてたんだよね」

「声？」

「うん。たまたま土砂崩れの現場に居合わせちゃってさ、たくさんの人が生き埋めになるシーンを目の前で見たらしいんだ」

「……………」

「しかも、生き埋めになった人のなかには、仲良くしてた人もいたみたいで。そのショックで、声が出なくなっちゃったんだって」

それから少しのあいだ、じっと黙っていた春菜が、ぽつりとつぶやくように言った。

「それって、いつのこと？」

春菜が声を発すると、生暖かい息が俺の鎖骨のあたりをくすぐる。

「ええと……」俺は記憶を辿った。「たしか、俺が幼稚園の頃だったから」

「だいぶ前なんだね」

「うん。当たり前だけど、あの頃の親父、まだ若くてさ」

そう言いながら、俺は気づいた。

「あれ？　俺と同い年だ」

「何が？」

「親父が声を失ったの、いまの俺と同じ三五歳だったはず」

しかも、その翌年、父は一念発起して勤めていたゼネコンを辞め、新たな道へと進みはじめたのだ。たしか、樹木医になろうとしたけれど、資格取得のための条件がそろわず断念して、母がはじめた整体院を手伝うべく整体師の資格を取って――。

俺は、母から聞かされていた父の経歴を思い出していた。

「建ちゃんと同い年のときに、声を失ったのかぁ……」

「うん。俺も、いま気づいた」

「きっと苦しい人生になったんだろうね」

「まあ、そう……だろうね」

俺は、あえて他人事のように答えた。

苦しい人生になったのは親父だけじゃないんだ――、という蛇足を飲み込むために、俺はそんな言い方をしたのかも知れない。

「あのさ」

「ん？」

「建ちゃんが答えたくなかったら、別にいいんだけど」

胸の上に置かれた春菜の手が、すうっと撫でるように動いた。

「え、なに？」

「どんな人だったのかなぁって」

「俺の、親父？」

「うん」

「そうだなぁ……」

俺は胸裏に苦さを感じながらも、記憶を手繰り寄せてみた。

基本的に、悪い人ではなかった、と思う。

いや、むしろ、とても優しい人だったのではないか。

俺は、夕照のような天井に、父の優しい顔を思い浮かべようとした。しかし、投影されたのは、背中を丸めて家を出ていくときの、人生に憔悴し切ったような負け犬の顔だった。

今日の葬式で使われている遺影は、いったいどんな顔をしているのだろう……。

考えたら気持ちがザラついてきたので、俺は少し違った側面から返事をすることにした。

「あの人は——、どちらかというと、物静かなタイプだったかな。自然科学が好きで、とくに植物に詳しかったみたい」

「物静かな人、か——」

「うん」

しかし、物静かな反面、その裏側には「芯の強さ」を隠し持っていたのではないだろうか。なにしろ、声を失ったにもかかわらず、安定した一部上場企業を辞め、新たな道へ進もうとしたのだから。しかも、扶養家族までいたのだ。いまの自分と同い年で。

俺は、そんなことを想いながら、小さくため息をこぼした。

「建ちゃんとは、ちょっと違うタイプだったんだね」

「まあ……、うん。そうかも」

父と違って、自分には「芯の強さ」が無い。声も出るし、五体満足なのにもかかわらず、浅慮なままに「安定」という言葉を崇めて、やり甲斐も無く、誇りも持てない仕事にしがみついている。しかも、惚れた女が三十路になり、自分との結婚を切望していることに気づきながらも、のらりくらりと二の足を踏み続けているのだ。

「俺と親父は、正反対な人間かも」

天井に向かって吐き出した声に、うっかり自嘲を滲ませてしまった自分がいっそう嫌になって、俺は目を閉じた。

そして、誰に言うでもなく、つぶやいた。

「俺、辞めようかな、いまの仕事……」


数日後——。

仕事を終えた俺が職場のビルを出ると、手にしていたスマホにメッセージが入った。

送信主は、桑畑村の檜山だった。

今度は、何だ……？

最寄駅に向かって歩道をゆっくり歩きながら、俺はそのメッセージの内容に目を通した。

『ご報告、遅れてすみません。お父さんの葬儀、無事に終わりました。小さいけれど、とてもいい葬儀ができたと思っています。で、しつこいようですが、もしよかったらお父さんのお墓参りに来ませんか？　できれば次の日曜日がいいと思います。私がご案内しますので』

読み終えた俺は「ふう」と息を短く吐くと、暮れかけた空を見上げた。

春の夕空は哀しげなパイナップル色に染まり、世界をまるごとジューシーにしていた。

「墓参り、か……」

つぶやいて、返信に取り掛かる。

『ご多用中に葬儀のご報告を頂きまして、どうもありがとうございます。お墓参りの件ですが、家族と相談した上で、お返事をさせて頂きます』

よし。送信、と——。

スマホをスーツの胸ポケットにしまった。そして、そのまま少しのあいだ歩道をゆっくりと歩いた。

やがて小さな川に架かる橋を渡りかけたとき、ふと俺は足を止めた。

川沿いの風景に目を奪われたのだ。

パイナップル色の世界を満開の花で彩る、雅やかな桜並木。

駅までは少し遠回りになるけど、いいか——。

胸裏でつぶやいた俺は、橋の手前で左折して、川沿いの桜並木を歩きはじめた。

なだらかにカーブする並木道を、春のまあるい川風が吹き抜けていく。

ひらり、ひらり。

パイナップル色に輝く花びらが、夢のように舞い落ちる。

父は、どんな墓に入ったんだろう――。

遠い桑畑村に想いを馳せながら、俺は道端に設置されたベンチに腰を下ろした。そして頭上の桜を見上げた。

この景色、見せてやりたいな……。

母と妹と恋人の笑顔を思い浮かべた俺は、再び「はあ」と理由の分からないため息をこぼすのだった。


その夜、風呂から上がると、リビングで里奈が待ち構えていた。

「お兄ちゃん」

「ん?」

「ちょっと、話があるんだけど」

「話……?」

「うん。わたしの部屋に来てくれる?」

里奈は、低い声を出した。

「なんで声をひそめてんだよ」

濡れた髪の毛をタオルで拭きながら俺が訊ねると、里奈は「しっ」と人差し指を口の前に立てた。

「お母さんに聞かれたくないからに決まってるでしょ」

言いながら里奈は、ちらりとキッチンの方を見遣《みや》った。釣られて俺もキッチンに立つ母を一瞥した。母は、どことなく虚ろな表情で食器を洗っている。

「分かったよ。いつ行けばいい？」

「いますぐ」

短く言った里奈は、そのままリビングを出て二階の自室へと向かった。

すぐに後を追うと母に不審がられそうなので、俺はあえて母の背後にある冷蔵庫を開けて、なかからペットボトルの麦茶をひとつ取り出した。そして、それを飲みながら、さりげなくリビングを後にした。

里奈と顔を合わせたときの気まずい空気は（一時よりはマシになったものの）相変わらず続いていた。そもそも里奈は根に持つようなタイプでもないし、兄妹仲が悪かったわけでもないのだが、それでも尾を引くような大人げない物言いをしてしまった、という後ろめたさが俺にはある。

階段を上がり、里奈の部屋のドアの前に立った。

ひと呼吸置いてから、軽くノックをした。

「入るぞ」

「どうぞ」

気まずさを押し殺し、素知らぬ顔で部屋のなかに入ると、里奈は椅子に腰掛けてこちらを見ていた。

「適当に座って」

と、傍らのベッドを指し示す里奈。

「おう」

俺は、そっと里奈のベッドに腰掛けた。

「さっきの、お墓参りの話だけど」

さっそく里奈は、前置きなしで切り出してきた。

「あ、うん」

「お兄ちゃんにだけ話したいことがあって」

「里奈の言いたいことは、だいたい分かってるよ」

「え？」

「こっそり行く気なんだろ？　墓参りに」

図星をつかれたのだろう、里奈は目を見開いて、こくり、と頷いた。

「なんで、分かったの？」

「そりゃ、分かるだろ」

ほんの一時間ほど前のことだ——。

夕食のあと、俺は、檜山から墓参りの誘いがあったことを二人に伝えた。すると予想通り、里奈は「行く」と言い、母は「行かない」と首を横に振った。里奈は「せめてお墓参りくらいは」と反駁してみたものの、母はそれをきっぱりと断った。

正直、この二人の会話の流れは、俺の予想通りだった。

予想と違ったのは、今回は里奈が泣かず、むしろ淡々としていたことだった。おそらく里奈は、俺の話を聞いた瞬間、母がどう反応するかの予想がついたのだろう。そして、その反応にたいする対処法もすぐに考えついたに違いない。つまり、墓参りには自分一人で行けばいいのだ、と。

「お兄ちゃんさ」

「ん？」

「前に、わたしに、ひどいこと言ったよね？」

「え……」

「あれ、許して欲しい？」

里奈は根に持つタイプではない——と思っていたのは、どうやら間違いだったようだ。

俺は内心で、やれやれ……と、ため息をこぼしながらも、「あれは、悪かったよ。言いすぎた。ごめん」と素直に謝った。

しかし、里奈は腕を組んで、こう返してきたのだ。

「そういう安易な言葉だけじゃ、許せないんだよなぁ」

「は？　なんだよ、それ？」

「言葉じゃなくて、ちゃんと行動で示してもらいたいってこと」

「里奈、お前なぁ……」

と言ったときにはもう、次に里奈の口から飛び出すであろう台詞が俺には分かってしまった。

「お兄ちゃんも一緒に行ってよ。お父さんのお墓参り」

やっぱり、そうくるか。

「…………」

「なに？　駄目なの？」

里奈の偉そうな態度に、俺は小さく嘆息して答えた。

「母さんには内緒で、か――」

「もちろん」

頷いた里奈の目の奥には、確固たる意志の光が宿っていた。

その光が、なぜだろう、俺にパイナップル色に染まった桜並木の光景を思い出させた。

「ほんと、やれやれな妹だな……」俺は、あえて渋々、といった口調で言った。「じゃあ、まあ、分かったよ」

「え？」

「一緒に行ってやるよ」

「えっ、ほんと？」

「ああ」

「やった。じゃあ、仕方ないから、あのときの暴言は許してあげる」

勝ち誇ったように「うふふ」と笑う里奈。

どうやら、これで仲直りが成立したらしい。

しかし、里奈と二人で墓参りに行くには、ひとつ問題があった。

「墓参りに行くのはいいけど、檜山さんに指定された次の日曜日は、母さん、車でどこかに出かけるって言ってたぞ」

「うん。言ってたね」

つまり、家の車は使えない、ということだ。

「電車で行くのか？　だとしたら、けっこう遠いぞ」

すると里奈は、あっけらかんとした顔で答えた。

「なんで？　お兄ちゃんのバイクがあるじゃん」


檜山に指定された、四月の第二週の日曜日――。

俺は愛車の〝ＨＯＮＤＡ　Ｒｅｂｅｌ《レブル》５００〟にまたがり、桑畑村へと向かった。はじめてバイクのタンデムシートに乗った里奈は、出発してしばらくのあいだは緊張でガチガチだったが、十五分もすると「もっと飛ばしていいよ」と、風を楽しみはじめた。

昼食は、高速道路のサービスエリアで手早く済ませた。

食事を終え、再び走り出すと、それまでどんよりとしていた空の雲が、どんどん薄く、高くなっていった。そして、高速を降りて山あいの九十九折りの道路を走る頃には、雲の切れ間から青空が顔を覗かせはじめた。

――ようこそ清流の里　桑畑村へ

そう書かれた看板の脇を通り過ぎたとき、俺はヘルメットのなかで「疲れたぁ……」とひとりごちた。二人乗りゆえ、普段より慎重に運転し続けてきたことで、いつも以上に精神が摩耗したのだ。

山深い村内を走っていると、子供の頃の記憶が甦ってくる。

かつて俺は、父の植樹の手伝いで、何度か桑畑村を訪れたことがあるのだ。

当時、この村は、まるで昔話の世界に迷い込んでしまったかのような、怖い「異世界の空気」を漂わせていた気がする。しかし、大人になったいま、俺の視界に広がる風景からは、そういう空気感がすっかり消え失せていた。かつての記憶は曖昧だから、どこがどう変わったのかは正確には分からないけれど、とにかく俺が思い描いていたような村ではなくなっていたのだ。

しかし、たったひとつ、当時と変わらぬ印象的な景色があった。それは真澄川が放つ透明なエメラルド色のきらめきだった。

川沿いの道路をゆっくりバイクで走りながら、俺は何度もその澄み切った流れを見下ろしては、ヘルメットのなかで感嘆のため息を洩らした。

釣り師だった父は、この美しい流れに魅せられて、桑畑村に通うようになったらしいが、その感覚は、釣りをしない俺にも分かる気がした。でも、この川に魅了されたがために、父は土砂崩れに遭遇し、声を失い、家族をも失ったのだ。

俺は、美しい流れから視線を外してバイクの速度を上げた。

真澄川から少し離れた高台には、小さな新興住宅地のような集落があった。おそらく、土砂崩れ後の造成地に造られたのだろう。

俺は、その家々のあいだを走り抜け、さらに山奥へと続く車線の無い道路へと入り込んでいった。

すると、ハンドルのバーに取り付けたスマホのカーナビが目的地への到着を示した。

俺はバイクの速度を落としながら道路の先を見遣った。

父が住んでいたであろう家は、すぐに見つかった。というのも、そのとき俺の視界のなかにあった人家は、一軒の古びた平屋だけだったのだ。

道路に面した背の低い生垣。その切れ目に造られた門は、ひどい有り様だった。なにしろ門柱があるのに扉が無いのだ。

俺の脳裏で、あばら家、という単語が明滅した。

思い描いていた「田舎の家」とは、ずいぶん乖離《かいり》した家屋の様子に衝撃を受けていると、その家の門の奥から白髪まじりの男がひょっこり現れて、近づいてくる俺のバイクを振り向いた。

おそらく、あれが、父の旧友だという檜山だろう——。

俺はじりじりと速度を落とし、男の前でバイクを停めた。サイドスタンドを立てて、先に里奈を降ろす。そして、自らもヘルメットを取り、挨拶をしようとしたところで——、

「建斗くんと、里奈ちゃん、だね」

電話と同じ声で、檜山が先に微笑みかけてきた。

薄手の黒いジャンパーに、細身のジーンズ。父と友達だったということは、六五歳くらいだ

ろうか。細めたその目には、親戚の子でも見るような親しみが滲んでいた。

「はい。このたびは、お世話になります」

バイクから降りて俺が言うと、里奈も続いた。

「父の葬儀から埋葬まで……、本当にありがとうございました」

里奈が深々と頭を下げたので、俺もそれに倣《なら》う。

「いやいや。それは、こっちが勝手にやらせてもらったことだから。それより、遠くからバイクの二人乗りで……、かなり疲れたでしょう」

「まあ、はい……」

と俺が曖昧な言葉を口にしているそばから、檜山は続けた。

「にしても、最近のバイクは格好いいなぁ」

そう言って目尻にシワを寄せ、ニカッと笑った檜山は、年齢の割にハンサムで、若い頃はかなりの二枚目だったことを思わせた。

「ありがとうございます。もしかして檜山さんもバイクに?」

俺が訊ねると、檜山は「いやいや」と謙遜するように小さく首を振った。

「昔、結婚する前に、ちょっとだけ乗ってたんだよね」

「そうでしたか」

「まあ、そんなことより、さっそくだけど――」

檜山は、俺と里奈に手招きすると、扉の無い門の奥へと入っていった。俺たちはその背中に付いていく。

敷地に入ってすぐ、俺は、父親が住んでいたあばら家をじっくり眺めた。

色褪せた小豆色の屋根。

くすんだ枯れ木色の壁。

昭和を彷彿させる磨《す》りガラスの窓。

粗末な平屋の玄関の引き戸に、檜山が鍵を差し込んで開錠した。そして、ガラガラと音を立てて引き戸を開ける。

「まだ、家のなかは、忠彦――」と話しはじめた檜山が、慌てたように口を閉じ、言い直した。

「あ、えっと、君たちのお父さんが暮らしていたときのままにしてあるから」

どうやら檜山は、父のことを「忠彦」と下の名前で呼ぶほどに親しい友人だったらしい。

俺は、そんな檜山に続いて玄関のなかへ入っていくと、背中に声をかけた。

「あの、いまさらですけど、檜山さんと父とは、どういう……」

すると檜山は、少し遠い目をして微笑んだ。

「あいつとは、もともとは『釣り仲間』だったんだよ。昔うちは雑貨店をやってってね、そこで遊漁券も売ってたの。それで忠彦――じゃなくて、君たちのお父さんと知り合って、どんどん仲良くなって。で、しまいには、釣りに来たら、うちで寝泊まりするようになってさ。うちの家族ともすっかり打ち解けて、ほとんど親戚みたいだったよ」

「そうでしたか」

と俺が言うと、後ろから里奈が口を挟んできた。

「じゃあ、檜山さんのご家族も、父の葬儀に？」

すると、檜山の淋しげな笑みに、いっそうの翳《かげ》がさした。

「いや、うちの家族は、土砂崩れでさ……」

ハッとした俺と里奈の視線が合った。

「ご、ごめんなさい。わたし――」

里奈が首をすくめたのとほぼ同時に、檜山が「あぁ、いいの、いいの。気にしないで。もう昔のことだし」と言葉をかぶせた。そして、さらに続けた。

「ちなみに、俺が助かったのは、君たちのお父さんのおかげなんだよ」

「…………」

俺と里奈は、何も言わず、いや、言えずに檜山を見詰めた。

「あの日は、忠彦と二人で釣りをする約束をしててね――」遠い目をした檜山は、今度は「忠彦」という呼び方を言い直さないまま、思い出を語りはじめた。「俺、張り切って早起きしてさ、一人で川の様子を見に行ったんだよ。前日が雨降りだったから、川に濁りが入ってないかどうか確認したくて。そしたら、いきなり下流の方でドドドーッて大きな地響きがしてね……」

つまり、たまたま檜山が留守にしているあいだに、家族もろとも家が土砂に呑み込まれてしまった、というわけだった。

「ま、そんなわけで、もしも、君たちのお父さんが来てくれてなかったら、俺も土砂のなか――。いま、この場所には居ないってことだな」

そこまで語った檜山は、「ふふ」と自嘲気味に笑ったけれど、すぐに気を取り直すように言った。

「せっかく二人に来てもらったのに、玄関で立ち話ってのもナンでしょう。さあ、上がって、上がって」

檜山に続いて、俺と里奈も靴を脱いだ。

家のなかを見回すと、外見と同様、思わず閉口するほど貧相な内観だった。

間取りは1DK——といえば、聞こえがいいかも知れないが、ボロボロの砂壁と、日に焼けてささくれ立った畳、そして、ほとんど家具のない二つの部屋には、仕切りとなるはずの襖《ふすま》さえも無くなっていた。

パッと目に付くものといえば、小さな卓袱台と、折り畳まれた煎餅布団、古びた箪笥《たんす》、石油ストーブ、あとは調理台の脇に置かれた小さな冷蔵庫くらいなものだ。

質素、というにもほどがある。

「お兄ちゃん……」

「うん」

部屋の入り口で立ち尽くしていた俺の背中を里奈がそっと押した。そして、檜山を追うように、部屋のなかへ足を踏み入れた。

父は、こんなところで暮らしながら、毎月、俺たちのために仕送りをしてきたのか……。しかも、少額な上に、毎回、その金額も違ったという。

俺は、最近、母から吐露された、父からの手紙と仕送りの話を思い出した。

「あの、父は、この村でどんな仕事をしてたんでしょうか？」

俺がずっと気になっていたことを、里奈が訊いてくれた。

「メインは整体だね。あとは、まあ、なんでも屋……みたいな感じかな」

檜山は、相変わらず淋しげに微笑みながら言った。

「なんでも屋、といいますと——」

俺がさらに突っ込んだ。

「うーん、ようするに、村の人たちからの頼まれごとを引き受けてたんだよね。庭の草むしりとか、畑の収穫とか、引っ越しの手伝いとか。頼まれたことは、嫌な顔ひとつしないで何でもやってたよ。ああ、あと、よく記念写真を撮って欲しい、なんて頼まれてたな。成人式とか、七五三とかのね。あいつ、写真を撮るのが趣味だったから。あ、写真といえば、ちょっと、こっちに来て」

そう言って檜山は、奥の部屋へと俺と里奈を呼び込んだ。そして、突き当たりの砂壁を指差しながら微笑んだ。

「ほら、この壁一面に。懐かしいでしょ?」

俺と里奈は、言われるままに、その壁を見た。

「え……」

「こ、これ……」

俺たちは瞬きを忘れ、息を呑んだ。

古びた砂壁は、無数のプリント写真で埋め尽くされていたのだ。写真は、一枚一枚きっちりとピンで貼り付けてあった。しかも、そのどれもが、俺と里奈がまだ子供だった頃に撮影された〝家族写真〟だった。

「忠彦にとってはさ、この壁ぜんぶが、大切な思い出のアルバムだったんだよ」

ひとりごとのように言った檜山は、そっと腕を組み、無秩序に貼られた写真をじっくり眺めはじめた。

よく見ると、壁に貼られているのは写真だけではなかった。

幼かった頃の俺と里奈が描いた絵や、折り紙などもピンで留めてあったのだ。

数は多くないが、父と一緒に写った写真もあった。

庭先で三歳くらいの俺を肩車した父は、見ているこちらが釣られて微笑んでしまうほど幸せそうに笑っていた。

その笑顔に、俺は見入った。

そうだった。

若い頃の父は、こういう雰囲気の人だった。

いつも、こんなふうに笑っていたではないか……。

俺は膝立ちになり、貪《むさぼ》るように他の写真も眺めていった。

桑畑村での植樹の帰りに、釣り堀でニジマス釣りをしたときの写真もあった。釣った魚を手にした幼い自分が、無邪気な笑みを浮かべている。その笑みは、カメラを構えた父に喜びを伝えようとするものだった。

他にも、幼稚園のお遊戯会、小学校の運動会、幼い里奈と手をつないで家の近くの小径《こみち》を歩いている後ろ姿、母に抱かれたお宮参り、小さな庭で嬉しそうに三輪車にまたがった里奈と、その横で小さな自転車にまたがる自分……。

それらの写真を見れば見るほど、子供時代に吹いていた風の匂いや、抱いていた感情が、記憶の底から次々と掘り起こされていくようだった。冷たくてモノクロだったはずの過去に、ぬくもりと鮮やかな天然色がつけられていく。

「そういや、忠彦のやつ、これを〝壁のアルバム〟なんて言ってたなぁ……」

誰に言うでもなく、檜山がぽつりとつぶやいた。

たまらず俺は、ひとつ深呼吸をした。

そして、自問した。

あの人は、俺たち家族を捨てたんだよな?

捨てた後に、壁に〝元家族〟の写真を貼っただけだよな?

ただそれだけの人――ってことで、いいんだよな?

問いかけるほどに胸のなかで膨らんでくる、言葉にならない想い。そのぬくぬくとした感覚の意味を確認したくなって、俺は隣にいる里奈を振り向いた。

すると、それまで俺と同じく膝立ちで写真を眺めていた里奈が、すっと静かに立ち上がった。

そして、裏庭に面した掃き出し窓の前へと歩いていき、レースのカーテンを少しだけ開けた。

外に出るつもりだろうか?

俺は、黙って里奈の様子を見詰めていた。

しかし、里奈は、掃き出し窓を開けることもなく、ただ、ぼんやりとガラス越しに裏庭を眺めていた。

妹のその横顔が、なんだか泣いているようにも見えて――、

「里奈……？」

俺は、そっと声をかけた。

少しの間を置いて、里奈は黙ったまま、ゆっくりと俺の方を振り向いた。

「…………」

里奈は、泣いてはいなかった。でも、その顔は、泣いているよりも、むしろいっそうウエットな感情を含んでいるように見えた。

「大丈夫か？」

俺の口は、自然とそう動いていた。

「うん……」

と、小さく頷いた里奈の顔が、妙にあどけなく見えたのは、幼かった頃の里奈の写真を見ていたせいだろうか……。

「ねえ、お兄ちゃん」

「ん？」

「うちの家族にも、いい写真が、いっぱいあったんだね」

そう言って、里奈は泣き笑いみたいな顔をした。

その顔を見た刹那、二〇年前からずっと俺の胸の奥に存在してきた重石《おもし》のような何かが、ゴト、と音を立てて動いた気がした。

「まあ……、そうだな」

と頷いた俺は、ジャンパーのポケットからスマホを取り出した。

「俺、この壁、写真に撮っておくわ」

「写真？」

里奈が小首を傾げた。

「うん。やっぱ、見せといた方がいいと思うし」

里奈は、誰に？　とは訊かなかった。

訊かない代わりに、確信を持った目で頷いてみせた。

「いいと思う、それ」

「だろ」

なにしろ葬式にも出ないと言い張った母親だ。せめて〝壁のアルバム〟を見せなければ、今後も父の墓参りに来ることはないだろう。

俺は念のため、檜山に確認した。

「あの、写真を撮っても――」

「もちろんだよ。たくさん撮って、ぜひ、お母さんにも見せてあげて」

「はい」

俺はスマホを構え、壁に寄ったり離れたりしながら十回ほどシャッターを切った。さらに、室内のあちこちにレンズを向けて、父の暮らしぶりを伝えられるよう写真におさめた。

そんな俺の様子を、窓辺に立った里奈がじっと見詰めていた。

「よし。これくらいで、いいかな……」

撮った写真を確認しながら俺がひとりごちていると、

「じゃあ、そろそろ、墓参りに行くかい？」

と、檜山が声をかけてきた。

俺は、返事をする前に里奈を見た。

里奈がこくりと頷いたのを確認して、「はい」と答えた。


あばら家を出た三人は、森の匂いのする春風に吹かれながらゆっくりと歩いた。

四方を山に囲まれた村だけに、あちこちから小鳥のさえずりが聞こえてくる。時折ウグイスの鳴き声がこだまして、俺の心をやわらかくしてくれた。

檜山が言うには、父の墓地までは歩いて数分とのことだった。

しばらく歩いて、車線のないT字路を右に折れたとき、俺は檜山に声をかけた。

「あの……」

「ん？」

「父の墓って、父が自分で用意したんですか？」

気になっていたことを俺が訊くと、檜山はジャンパーのポケットに両手を突っ込んで「そうだよ」と言った。

「あいつ、クソがつくほどまじめな男だったからさ……、もうこれ以上、誰にも迷惑をかけたくないんだって、一人でこつこつ金を貯めて、小さな墓を買ったんだよ。しかも、自分に万一のことがあったときのためにって、埋葬にかかる資金も俺に預けてたんだ」

「そう……だったんですね」

俺は、ため息のように言った。

「君たちのお父さん、ほんと、律儀でさ――。そもそも、誰にも迷惑なんてかけてないのにね」

苦笑しながら檜山は春空を見上げた。

迷惑――。

俺は、その言葉を噛みしめながら少し視線を落とした。ふと隣を見ると、里奈も同じ格好をして、思い耽っているようだった。やっぱり兄妹だな、と思う。

それから、さらに少し歩くと、道路沿いのなだらかな斜面に造られた墓地が見えてきた。ざっと見た感じでは、年季の入った墓石が数十基ほど並んでいる。

「あそこですか？」

顔を上げた里奈が訊ねた。

「そう。いちばん右の列の、下から……、ええと、一、二、三、四番目に、少し大きな墓があるでしょ？」

「はい」

と頷く里奈。

「その斜め後ろあたりに、ひとつだけ新しい墓石が見えるの、分かるかな？」

「分かります」

今度は、俺が答えた。

「あれが、君たちのお父さんの墓だよ」

予想はしていたけれど、父の墓は、ひときわ小さな墓石とシンプルな香炉があるだけの質素なものだった。しかし、墓石の前には透明な空き瓶が二つ並べられていて、そこに春らしいカラフルな花々が手向けられていた。

「あの花は、檜山さんが――？」

俺が訊くと、檜山は小さく首を横に振った。

「いや。あれは俺じゃないよ」

「じゃあ、誰が……」

「誰っていうか――、納骨してからずっと、村の誰かしらが、順々に花を手向けてくれてるんだよ」

「そう……ですか」

近づいてくる墓石を見詰めながら、俺は、この寒村での父の交友関係を想った。

「あいつ、最後まで言葉はしゃべれなかったけどさ、それでも、けっこう村の連中からは好かれてたんだよ」

檜山の言葉を聞いた俺は、なんとなく里奈を見た。視線が合うと、里奈は「よかったね」と言って淋しげに微笑んだ。

「うん……」

小さく頷いた俺は、知らずしらずため息をこぼしていた。それが思いがけず安堵のため息だと自覚したとき、俺は、ついさっき釘付けになっていた〝壁のアルバム〟を思い出した。そして、ふと、自分に苦笑した。

俺、いつから、こんな感傷的な人間になったんだ？

やがて三人は、真新しい墓石の前に立った。

里奈はショルダーバッグのなかから線香の束を取り出し、ライターで火をつけた。

それを三人で分けて、墓前に供えた。

俺は手を合わせ、目を閉じた。すると――、

ふわり。

墓地の斜面の上の方から、甘やかな花の匂いをはらんだ春風が吹き下ろして、俺の前髪を揺らした。

いま、俺は、いったい何を心のなかで想い、父の魂に伝えればいいんだろう……。

俺は目を閉じたまま少しのあいだ考えた。

でも、結局、いちばんしっくりきたのは、乾いた砂のようにさらさらとした恨み言だった。

ったく、どうして俺らを捨てたんだよ。しかも、その不器用なところ、しっかり俺に遺伝してるのが腹立つわ。もしも母さんを連れてこられたら、そのときは、きっちり謝ってくれよな――。

胸裏でつぶやいて、俺は目を開けた。
と、どこから舞ってきたのだろう、真新しい墓石の上に、ひとひらの桜の花びらがのってい
た。
その花びらを見詰めながら、俺は心の隅っこで微笑みたいような気分になっている変な自分
に気づいた。
もしかすると——、俺は、父のことをきちんと恨み切れていなかったのかも知れない。頭の
なかでは、全力で恨もう、もっと恨まなくちゃ、と必死に頑張ってきたけれど、それが心では
なかなか上手くできないままで……、そんな意固地で不器用な自分自身のことが、ずっと苛立
たしかったのではないか。
俺と違って、根が素直な里奈は、どうだったのだろう。
隣で手を合わせている妹を見た。
里奈は、祈りの姿勢のまま春風に髪を揺らしていた。
やがて檜山が合わせていた手を下ろし、ゆっくりと俺と里奈の方を振り向いた。そして、目
尻にシワを寄せながら、感慨深げなため息をついた。
「よかった。本当に。二人とも、来てくれてありがとう」
「いえ……」
俺は軽く首を振って会釈を返した。
でも、里奈は、まだ、ひとり墓石に向かって両手を合わせ続けていた。
すると——、

ひらり。

またひとつ、桜の花びらが春空から舞い落ちてきて、それが里奈の左肩にのった。

俺は、風上に視線を送った。

墓地のあるゆるやかな斜面の上の方に、神社のような建物の屋根が見えていた。そして、その屋根の奥に、桜の木の上部が見えていた。あまり花の数は多くないが、しかし、その背の高さからすると、かなりの巨木に違いない。

「あれは、神社ですか？」

なんとなく、俺は訊ねた。

「そうだよ。じつは、墓参りをした後に、君たちをあそこへ案内しようと思ってたんだ」

檜山がそう言ったとき、里奈がようやく目を開けて、合わせていた両手を下ろした。そして、どこかスッキリとした顔で、斜面の上の神社の方を見上げた。


三人で墓地の脇にあるなだらかな坂道を登った。

坂道は、そのまま神社の裏参道だった。

小さな木製の鳥居をくぐり、こぢんまりとした社の脇を抜けると、社務所のある広い境内に出た。その境内の一角には、見事な桜の巨木が聳え立っていた。老齢で樹勢が弱まったのか、花はまばらにしか咲いていないが、しかし、ごつごつとした瘤《こぶ》のある幹は龍のように太く、迫力があった。

「立派な桜ですね」

俺が桜を見上げて言った。

すると檜山は、少し切なげに微笑んだ。

「この桜ね、いまは元気がないけど、昔は、すごい数の花を咲かせてくれたんだよ。江戸時代から伝わる、いわゆる村のシンボル的な存在だったの。それがさ、例の開発で切られそうになって、村のみんなで慌ててこの神社に移植したんだよね」

「この巨木を、移植……ですか」

俺は、あらためて感慨とともに巨木を見上げた。

「そう。わざわざ隣の村から重機と植木屋を借りてきて、村の若い衆を片っ端から掻き集めてさ、まあ、やるだけやってはみたんだけど……、でも、さすがにこの桜は大きすぎたのかな、いまいち上手くいかなくてね。ここで何度か枯れそうになったんだよ」

檜山も、里奈も、目の前の巨木を見上げた。

「でもね、君たちのお父さんが、この桜をすごく心配して、ずっと面倒をみてくれたんだ。そのおかげで、今年もなんとか生きながらえて――、ほんの少しだけど、花を咲かせてくれたんだよね」

「父が、この桜を……」

ひとりごとのような里奈の言葉を受けて、俺が口を開いた。

「でも、父は、樹木医の資格を取れなかったって……」

「うん。それは俺も知ってるよ。でもね、あいつ、趣味として、樹木の治療に関する勉強は続けてたんだよ。で、この神社を管理してる自治会に申し出たの。自分は樹木医の資格も無い素人だけど、よかったら無償で桜の面倒をみさせてもらえないかって」

「無償で……」

あの人らしいな、と俺は苦笑した。

「そう。どうせ放っておいたら枯れそうな桜だし、無償って言われたら、金の無い過疎の村の自治会としては、断る理由なんて無いじゃない？」

「なるほど……」

俺が言って、隣で里奈も小さく頷いた。

「まあ、そんなわけで、忠彦はこの桜の面倒をみてくれてたんだけど——、それより、俺が、どうして君たちにこの桜を見せようと思ったかというとね」そこまで言った檜山は、少し大きく息を吸い込んだ。そして、続けた。「じつは、君たちのお父さん、嵐の夜に、この桜が心配になって、様子を見に出かけたんじゃないかって。で、その道すがら、心臓発作を起こして……」

檜山は、小さく嘆息すると、境内の表側の参道を指差した。

「鳥居の先に、道路が横切ってるでしょ？　忠彦は、あの道路の端で倒れてたんだよ」

「…………」

「…………」

俺と里奈は、言葉を失くし、ただ息を呑んで鳥居の先のアスファルトを見詰めていた。

「もし、君たちが現場を見たいなら――」

檜山がしゃべり出すと、すぐに里奈がかぶせた。

「それは――、見なくて、けっこうです」

「里奈……」

と、つぶやいた俺にかまわず里奈は続けた。

「父は、もう、お墓のなかですし。ね？」

最後の「ね？」は、俺に向けられていた。

「まあ……、うん」

たしかに、父が亡くなった現場を見たところで、いまさら何かが変わるわけでもないし、少なくとも、自分たちの気分が良くなることはないだろう。

俺は黙って檜山に頷いてみせた。

「たしかに、里奈ちゃんの言うとおりだね」

檜山は、愁いを滲ませた目を細めた。そして、「あ、そういえば……」と言いながらジャンパーの裾をめくると、腰に着けていた黒いウエストポーチのなかから何かを取り出した。

「これ、忘れないうちに――。とりあえず、建斗くんに渡しておこうかな」

檜山は、直径三センチほどの巾着袋を俺に手渡した。

「えっと……、これって？」

手のひらに巾着袋をのせたまま、俺は小首を傾げた。

まるで見覚えのないその袋は、神社のお守りを彷彿させる紫色の生地に金色の刺繍で植物の葉がデザインされていた。生地には細い革紐が通されているが、ループだったはずの一部が千切れている。

「じつは、それ、忠彦が普段から首にかけてたんだ」

「父が、これを？」

「うん。よっぽど大事だったんだろうな。あいつ、最後に、それを胸の前で握りしめたまま――」

「倒れて、た……」

俺の言葉に、檜山は無言で頷いて、続けた。

「それ、きっと、あいつにとってのお守り的なものだったんだと思うんだ。袋の中身が何なのかは、俺も知らないんだけど」

「…………」

俺は黙って、手の上にのせた巾着袋を見下ろした。

「ちなみに、その紐が切れてるのは、あいつが倒れたときに、首にかけていたのを無理やり引き千切ったんだろうって、警察が言ってたけど」

「そう、ですか……」

俺は、里奈を見た。

里奈は、ゆっくりと頷いた。

「ちょっと、中身を確認してみます」

ぼそっと言って、俺は、里奈にも見えるように巾着袋を開けてみた。袋のなかには丁寧に折り畳まれた和紙が入っていて、さらにその和紙のなかには、胡麻のように小さな無数の黒い粒が入っていた。

「お兄ちゃん」

「ん？」

「これ、種だよ……」

なぜか、里奈の声は、かすかに震えていた。

「え、種って――植物の？」

「うん……。たぶん、だけど」

それから続けて里奈が何かを言おうとしたとき、檜山がウエストポーチのなかから、もうひとつの物を取り出した。

「それと、忘れないうちに、もうひとつ。これも君たちに持っていて欲しいんだ」

檜山が差し出したのは、年季の入ったカメラだった。

「これ……、父が使ってた……」

俺は巾着袋をそっと里奈に預けて、カメラを受け取った。

「あいつがずっと大事に使ってたライカだよ。さっき見た〝壁のアルバム〟の写真も、それで撮ったんだと思う」

カメラ自体は、さほど大きくなかった。しかし、見た目以上にずっしりとした重さがあった。この重さは、単純に機械がぎっしり詰まっているからなのか、あるいは、父の形見だから重く感じるのだろうか――。

俺はライカを里奈に見せながら言った。

「このカメラ、覚えてるか？」

「なんとなく、だけど……」

と答えた里奈は、植物の種らしき粒を丁寧に和紙で包むと、巾着袋のなかへと戻した。そして、それを大事そうに両手で挟むようにした。

「俺、時々、このカメラで写真を撮らせてもらったわ」

「そう。わたしには、そういう記憶はないかも」

考えてみれば、父が家を出たとき、里奈はまだ十歳だったのだ。覚えていないのも無理はない。

俺は、ショルダーバッグにカメラをしまい、里奈に声をかけた。

「その袋も、一緒に入れておくか？」

「うん」

頷いた里奈が、巾着袋を俺のバッグにそっと入れた。

その様子を見ていた檜山が、「んじゃ、そろそろ」と声をかけた。「次の場所に案内したいんだけど――、二人は、まだ、時間はあるかな？」

「えっと……」

腕時計を見ようとした俺よりも先に、里奈が答えた。

「はい。あります」

「よかった。じゃあ、せっかくだから、花見でもしようか」

「花見？」

俺が聞き返すと、檜山は頷いて目尻にシワを寄せた。

「そう、花見。小さい頃に君たちも植樹を手伝ったでしょ？　あそこが、いま、どうなってるか——見て欲しくてさ」


俺は、いま一度、桜の巨木を見上げてから踵を返し、檜山の背中に続いて裏参道へと歩き出した。そして、さっき通った墓地の脇道を下っていった。まだ線香の煙がたなびいている父の墓石を横目に見ながら、ゆっくりと通り過ぎ、突き当たった道路を右に折れた。

墓地を背にしてしばらく進むと、道の左右から鬱蒼とした樹々の枝が張り出してきて、まるで緑のトンネルのように俺たちの頭上を覆った。

八方から降り注がれる小鳥たちのさえずり。

足元のアスファルトには、バター色の木漏れ日がぽたぽたと落ちている。

森の匂いのする清涼な空気を深呼吸したら、肺が洗われたような気分になった。

俺は、ふと、隣を歩く里奈を見た。

里奈は、思い耽ったような目をして、黙って歩いていた。あの巾着袋を見たときから、なんとなく里奈の様子がおかしい気がする。

「建斗くんはさ」

ふいに檜山が俺の名を口にした。

「あ、はい」

「お父さんと一緒に植樹をしたときのこと、覚えてる？」

「うっすらと、ですけど。でも、なんか、ずっとやってたら、途中で飽きちゃったってことは、よく覚えてます」

「あはは。そっか。まあ、植樹なんて、小さな子供には面白くないよなぁ」

「わたしも、うっすらと覚えてます」

思いがけず、里奈が会話に割り込んできた。

「そうか。里奈ちゃんも」

「はい。たしか、車線の無いまっすぐな道路に面した、なだらかな斜面があって、そこで植樹のお手伝いをしていた記憶があります」

「おお、まさに、その『車線の無いまっすぐな道路』ってのが、いま歩いてる、この道だよ」

「え、じゃあ――、植樹した現場は、この道の先に？」

俺が訊いた。

「そうだよ。このまま少し歩くと、右手側に見えてくるからね」

もう二〇年以上も訪れていない記憶のなかの緩斜面。

いまは、どんな場所になっているのだろう――。

俺は、そこに想いを馳せた。と、そのとき、ふいに俺の脳裏に、ある疑問がよぎったのだった。

「そういえば、檜山さん」

「ん？」

「あの植樹をした斜面って、父が所有していた土地ではないですよね？」

「ああ、うん。あそこはね、うちが、ご先祖様から受け継いだ山林の一部なんだよ。ずっと空き地のまま放置してたら、突然、忠彦が『桜を植えたい』なんて言い出したから——、まあ、そういう使い方もありかな、と思って、自由に使ってもらってたの」

「そうだったんですね」

「雑草だらけの空き地より、〝花の森〟になった方が風情があるでしょ」

檜山は、そう言って小さく笑った。

「花の、森——」

はじめて耳にした言葉を俺は繰り返した。

「うん。花の森」

少し遠くを見ながら檜山は頷いた。

「あの、それって、もしかして、父が名付けたんですか？」

里奈が訊ねた。

「そうだよ。あいつが名付けたの。いつも持ち歩いてた小さなホワイトボードに、達筆な文字で〝花の森〟って書いて、嬉しそうに俺に見せたのを、いまでも鮮明に覚えてるなぁ」

遠い目をした檜山の横顔は、淋しそうに微笑んでいた。

「桜の森じゃなくて、花の森……か」

俺がひとりごちると、檜山は少し笑みを深めた。

「ほら、俳句の『歳時記』では、花と言ったら桜のことを指すでしょ。インテリのあいつは、あえて風流に〝花の森〟って命名したんじゃないかな？」

なるほど——、と俺は得心した。

たしかに父は、そういう人だった。植物や自然科学に詳しいだけではなく、人文系の知識もかなり豊富で、子供だった俺からすると「歩く百科事典」のような存在だったのだ。

それから少し歩くと、遠くの方から、かすかな〝ざわめき〟が聞こえてきた。

「なんか、遠くが騒がしいみたいですね」

そう言って、里奈が檜山を見た。

「今日は天気がいいし、日曜日だからね」

檜山の返事に、俺は思わず「え？」と声に出してしまった。

里奈と目が合った。

妹も、俺と同じく、まさか——、という顔をしている。

やがて、頭上を覆っていた樹々の枝が無くなり、周囲がパッと明るくなった。そして、まっすぐだった細い道路が右に大きく曲がりはじめた。

「このカーブを曲がり終えたところだよ」

檜山が言った。

その頃にはもう、遠かった〝ざわめき〟が、目と鼻の先にまで迫っていた。

「ずいぶんと、人が多そうだな」

俺の言葉に、里奈が続く。

「うん。十人や二十人じゃないよね……」

「もちろん。もっと、もっと、たくさん集まってるはずだよ」

檜山の台詞を聞いて、そのままカーブを通り抜けると――、

「う、そ……」

里奈が両手で口を押さえて立ち止まった。

隣に立った俺も、あまりの光景にしばらく呼吸を忘れていた。

俺たちの眼前に広がったのは、ゆるやかな〝丘一面〟と言っても過言ではないほどに壮大な、しかも、まさに満開の〝花の森〟だったのだ。

「マジ、かよ……」

呆然としたまま、俺はつぶやいた。

「お兄ちゃん……、こんなに……」

「うん。さすがに、これは……」

驚嘆し、言葉を失っている俺たちの様子を見た檜山は、満足そうに目を細めて言った。

「これが、君たちのお父さんが残してくれた景色だよ」

「…………」

「…………」

もはや俺も里奈も、何も答えることができなかった。ただ、ゆっくりと呼吸をしながら、満開の花の森と、そこに集った大勢の人々の晴れやかな笑顔を眺めるばかりだった。

そのまましばらく立ち尽くしていた俺は、ふと、あることに気づいた。

とても美しい花の森は、しかし、父が他界したせいだろう、下草の手入れまでは行き届いていないようだった。膝丈ほどもある雑草が、無数の樹々の根元をびっしりと埋め尽くしていたのだ。

さらに、よく見ると、道路と斜面の境界はチェーンで区切られていて、そのチェーンには「私有地につき立ち入り禁止」と書かれた札がぶら下がっている。

つまり、ここに集まった人々は、花の森のなかには入れないのだ。でも、その代わりに、道路を渡った反対側には、幅広の歩道のようなスペースが遠くまで延びていて、それが細長い「公園」として機能していた。しかも、そこには、幾多のベンチが、ずらりと一列に並べられ、そのすべてが花の森の方を向いて設置されていた。

「あのベンチはね、ここを村の名所にしようって村議会で決まって、村が設置したんだよ」

どこか誇らしげな檜山の台詞。その声色には『どうだい？　君たちのお父さん、すごいだろ？』という想いが滲んでいるようだった。

「今日みたいな休日は、他県からも人が集まってくるからさ、向こうに臨時の駐車場を造ったんだけど――、それでも、昨日と今日は満車らしいよ」

花の森に面した道路のずっと先を指差しながら檜山が解説してくれた。

「すごいです、ほんと……」

何がすごいのか、俺は、あえて主語を省いて言ったのだけれど、里奈にも、檜山にも、その意味はしっかりと伝わっているようだった。

「やっぱり、来て……、よかったね」

里奈の言葉は、語尾が潤み声になっていた。

「だな」

と短く頷いた俺。

「そう言ってもらえて、俺も嬉しいよ」

目を細めた檜山が、ため息のように言った。

そして、その言葉を聞いたとき、ようやく俺は気づいたのだった。檜山が「次の日曜日がいいと思います」と、わざわざ墓参りの日付を指定した理由に。つまり、俺たちに満開の花の森を見せたかったのだ。

「せっかくだから、もう少し、近くに行ってみようか」

檜山の言葉に、俺と里奈は頷いた。

三人は、ゆっくり歩きはじめた。

花の森へと近づくほどに、俺は、自分が、明るく和やかな〝しあわせの空気〟のなかへ入っていくような、どこか不思議な感覚を味わっていた。

道路の右側には、桜、桜、桜、桜、桜……。

左側には人々の、笑顔、笑顔、笑顔、笑顔、笑顔……。

絶望し、声を失い、家族を捨てた父が、半生をかけて植林した桜の下には、あまりにも多くの幸福が咲き乱れていた。しかも、それは、これから先も、毎年、毎年、ずっと続いていくのだ。

檜山を先頭に、三人は無数の笑顔のなかへと入って行った。

そして、道路越しに咲き誇る、父の残した遺産を見上げた。

植樹を手伝った子供時代の自分は、まさか、将来、これほどの光景が生まれるだなんて想像もできなかった。しかし、当時の父の頭のなかには、きっとこの光景がきっちりと描かれていたに違いない。

ふと、俺は〝壁のアルバム〟のなかに見つけた、在りし日の父の笑顔を思い出した。すると、なぜだろう、いきなり鼻の奥のほうがツンと熱を持ってしまった。

いや、嘘だろ――。

家族を捨てた人間に泣かされたりしたら、それは負けだ。

つまらないプライドだと知りながらも、俺は、溢れかけた感情に抗ってみた。

「いやぁ、近くで見ると、余計にすごいわ……」

再び主語のない感想を口にすることで、いまにも涙腺に沁みてしまいそうな熱を散らした。

一方の里奈は、もはや、人目もはばからずハンカチを両目に押し当て、むせび泣いていた。

「おい、いくらなんでも、そんなに泣くか？」

苦笑いを浮かべながら、俺は、妹の背中をぽんぽんと軽く叩いてやった。

「だって……、お、お父さん……」

「うん。分かってるけど」

俺が言うと、里奈は泣きながら何度も首を横に振った。その仕草は、なんだか「分かってないよ」と言っているようで、俺は苦笑しながら檜山を見た。

檜山もやはり眉をハの字にしていたけれど、でも、その目尻には深いシワが寄っていた。

俺は、再び花の森を見た。

この光景は、母にも見せなければ――。

胸裏で決意しながらスマホを手にした。そして、天気予報のアプリを開いた。

予報によると、明後日の火曜日から四日連続で雨マークがついていた。しかも火曜日は午後から風が強くなり、ほとんど台風のような大荒れになるらしい。

つまり、明後日の天候が、この桜を散らしてしまう。

ということは、チャンスは月曜日のみ。

って、明日かよ。

でも――。

さすがに急すぎると思わなくもないが、とにかく、なるべく早く帰って母の説得にかかるべきだろう。

「里奈、俺たち、そろそろ帰ろう」

「え……？」

と、泣き濡れた里奈が顔を上げた。

「母さんにも、この景色を見てもらわないと」

そう言って俺は、里奈の背中を軽くポンと叩いた。

すると檜山が、ジーンズのポケットから何かを取り出して、俺に差し出した。

「じゃあ、建斗くん、これを」

「え？」

「忠彦の家の合鍵。君に預けておくよ」

「いいんですか？」

「もちろん」

俺は、礼を言って合鍵を受け取った。

「ありがとうございます。お借りします」

「うん」

花の森に、清雅なウグイスの鳴き声が響き渡った。

そして、その声を合図にしたかのように、すうっと、やわらかな春風が吹き下ろしてきた。

ひらり。

ひらり。

風に運ばれた桜の花びらが、向かい合った三人のあいだに舞い降りてきた。


俺と里奈がそろって帰宅したとき、リビングの時計の針は午後九時を回っていた。

「あら、お帰りなさい――っていうか、二人して、こんな時間まで、バイクで？」

テーブルに両手を置いた母は、やや怪訝そうに眉をひそめた。

「まあ、うん。ただいま」

「ただいま」

言いながら俺と里奈は手にしていたヘルメットを床に置くと、母の向かいに座った。

「朝っぱらから、いったいどこに行ってたの？」

探るような目で、母は俺たち兄妹を見た。

考えてみれば、バイクに里奈を乗せたのは初めてのことだ。母が不審がるのも仕方がない。

そんなことを思いながら、とにかく俺は口を開いた。

「えっと、じつは俺たち……、なんて言うか……、まあ、母さんは、ちょっと驚くかも知れないけど――」

俺が言い淀んでいると、里奈がかぶせた。

「桑畑村に行ってきたの。お父さんのお墓参り」

「え……」

すっと息を吸った母は、そのまま言葉を失くした。

「わたしがお兄ちゃんに頼んで、バイクで連れて行ってもらったんだけど。ね？」

ふいに同意を求められた俺は、やや狼狽しながら頷いた。

「え？　まあ、うん」

「でね、お母さんに、ちょっと見てもらいたい写真があるんだけど」

「写真……？」

母の眉間にシワが寄った。

「うん。お兄ちゃん、スマホ、いい？」

「お、おう」

なんだか、すっかり里奈のペースだな、と胸裏でつぶやきながら、俺はショルダーバッグからスマホを取り出した。そして、父が残した〝壁のアルバム〟の写真を画面に表示させて、母の前にそっと置いた。

「なに、これ……」

母の視線が、テーブルの上のスマホに落ちた。

「お父さんが住んでいた家の壁だよ。ちょっと拡大して見てみて」

里奈が少し声のトーンを落として言った。

「色々と撮ってきたからさ。まあ、見てよ」

俺も続いた。

しかし母は、目の前に置かれたスマホに触れようとはせず、逆に顔を上げて、俺と里奈を見た。

「別に、わたし……は、見なくて、いいよ」

「え、どうして?」

里奈が、両手をテーブルにのせた。

「どうして――って……」

「お母さんに見て欲しくて、お兄ちゃんは写真を撮ってくれたんだよ?」

「…………」

何も言わず俺を見た母に、俺も無言のまま頷いてみせた。

すると母は、小さくため息をこぼし、困惑の表情を浮かべた。

「だって、いまさら、わたしが見たって仕方な――」

「そんなことないよ」

母の言葉に、里奈がかぶせた。

「…………」

「せっかくだから、騙されたと思って見てみてよ」

懇願とも命令ともつかない口調で里奈が言った。

その揺るぎない声色に、俺は思わず隣の里奈を見た。妹の横顔には、凜とした使命感と哀愁が同居して見えた。

それから一秒、二秒、三秒――、里奈と母は互いに視線を外さずにいた。

根負けしたのは、母だった。

あきらめたように「ふう」と短く息を吐いた母は、目の前のスマホに視線を落とし、恐るおそるといった感じで画面に触れた。

緊張した母の指が、スマホの写真を拡大する。

無数の写真が貼られた砂壁がアップになった。

と、次の瞬間、母はかすかに目を見開いた。

「…………」

動きかけた唇。しかし、喉元までせり上がってきた言葉は、飲み込んだようだった。

さらに写真を拡大し、スマホの画面に顔を近づける母。

右へ、左へ、上へ、下へ……。母の指はスマホの写真をスライドさせては、砂壁に貼られた写真たちを次々と確認していった。

「壁の写真は何枚か撮ったから。もっと見やすいのもあるよ」

俺が、そっと声をかけた。

その声に背中を押されたのか、いよいよ母はテーブルの上に置いていたスマホを手に取ると、そのまま指先を忙しく動かしはじめた。しかし、その表情は相変わらずで、わたしは渋々ながら写真を見てあげている——といった雰囲気を醸し出そうとしているようだった。

俺は、そんな天邪鬼《あまのじゃく》な母親の姿を、ため息をこらえながら眺めていた。

すると俺の肩を、ちょん、と横から里奈が突《つつ》いた。

振り向くと、ちょっぴり切なげに微笑んだ里奈が、よかったね、と言わんばかりに頷いてみせた。俺も同じように頷き返す。それからしばらくのあいだ、俺たちは何も言わず、そっと母の様子を見守り続けた。

俺のスマホのなかには〝花の森〟の写真は無かった。だから、母が見られるのは、父が住んでいたあばら家の内観と外観、そして、神社の桜の巨木と質素な墓だけだ。〝花の森〟の写真は、里奈のスマホで撮ったのだが、あえてそれは母には内緒にしておくことになっていた。お母さんにも、いきなり本物の〝花の森〟を見てもらおうよ。その方が、きっと感動が大きいから——、という里奈の提案に、俺が乗ったのだ。

「これは？」

しばらく無言で写真に見入っていた母が顔を上げ、俺と里奈にスマホの画面を向けて訊ねた。

「父さんが住んでた家の外観だよ」

俺が答えた。

「そう……」

つぶやくように言って、母は再びあばら家の写真に視線を落とした。そして、少しつらそうに目を細めながら、ゆっくりと深呼吸をした。

「建物は古びてたけどね、でも、家のなかは、こざっぱりして清潔な感じだったよ」

母の気持ちを察したのだろう、里奈がやわらかな声でそう言った。

「…………」

黙ったまま軽く頷いた母は、あらためてスマホの画面に指を滑らせ、残りの写真を確認していった。

墓の写真が出てきたときは、画面を拡大して、まじまじと見詰めていたけれど、桜の巨木の写真は、里奈に説明を受けてもさらりと流すように見るだけだった。

そして、すべての写真を見終えた母は、スマホをそっとテーブルの上に置き、俺の前へと押し出した。

俺は、何かしらの感想を期待しつつ母の顔を見ていたのだが、母の口から出てきたのは、まったく違う話題だった。

「会ったの？　檜山さんに」

「ああ、うん。会った」短く答えて、俺は続けた。「もし必要なら遺品を持ち帰って欲しいって言われて、家の合鍵を預かったよ。それと——」

俺はショルダーバッグのなかから、小さな巾着袋とライカを取り出し、そっとテーブルの上に置いた。

「とりあえず、これを受け取ってくれって言われて」

そのライカを目にした、ほんの一瞬のこと、母の瞳に驚きと憂いがよぎったように見えた。

「もし、母さんが持っていたいなら――」

「いいよ。いらないよ、わたしは」

かぶせぎみに答えた母は、小さく首を振って苦笑してみせた。

「ねえ、お母さん」

しばらく黙っていた里奈が、口を開いた。

「ん？」

「わたしたちから、お願いがあるんだけど」

「お願い？」

「うん」

母は、少し怪訝そうな目で里奈を見た――と思ったら、先手を打ってきた。

「わたしは、行かないからね」

お願いの内容すら聞かずに拒絶を示した母親に、しかし里奈は穏やかな声で返した。

「お父さんね、たくさんの家族写真で埋め尽くしたあの壁のことを〝壁のアルバム〟って呼んでたんだって」

「…………」

「それでもお母さんが、気持ち的に嫌なら、わたしは嫌なままでもいいと思ってるの。だって、それは、お母さんの辿ってきた人生の結果として抱いた感情だから。ただ、わたしとお兄ちゃんは、とくに何もしてないのに、お父さんがしゃべれなくなって、しかも、家から出て行っちゃって——、それからずっと心のなかに靄を抱えたまま生きてきたのね」

そこまで言って、里奈はいったん母を見た。

「…………」

母は、何も言わず、少しうつむき加減で里奈の話に耳を傾けていた。

「あ、もちろん、わたしたちは、お母さんを責めてるわけじゃないからね。お母さんで、色々と大変な思いをしてきただろうし、わたしたちには、良かれと思うことをずっとしてきてくれたと思ってるし、そこにはちゃんと感謝してる。でも、だからこそ、最後にひとつだけ、わたしとお兄ちゃんの心の靄を晴らすためのお手伝いをして欲しいの。お母さんの心のなかでは、お父さんを許せないままでも、大嫌いなままでもいいからさ、とにかく、形式だけでも、わたしたちと一緒にお墓参りをしてくれないかな？」

そこまで一気にしゃべった里奈は、まっすぐに母を見た。

すると母の視線が、かすかに泳いだ。

もうひと息だ、頑張れ——、と俺は心のなかで里奈に声援を送った。

「亡くなったお父さんのためじゃなくて、わたしとお兄ちゃんのために。いま、ここにいる家族三人のために。ほんと、ドライブのついでって感じでいいから」

うつむいていた母が、ゆっくりと顔を上げた。そして、里奈と俺を順番に見た。それでも、まだ首を縦に振れずにいる母に、里奈は駄目押しの言葉をかけた。

「お墓参りをしたって、別に、お父さんの幽霊と会うわけじゃないんだから」

思いがけない里奈の台詞に、母の頬がフッとゆるんだ。

「幽霊になんて会ったら、びっくりだよ――」

投げやりな口調だが、母の心に変化があったことは、ほぼ確実だった。

「お願い、お母さん。このチャンスに、わたしとお兄ちゃんの心を、ずっと抱えてきた靄から解放させて」

里奈が両手を合わせて拝むような仕草をしてみせた。

それを見た俺も「そんなわけだからさ、ドライブがてら、さくっと行こうよ」と後押しをした。

「まったく。はあ……」

大袈裟に嘆息してみせた母は、億劫《おっくう》そうな顔のまま言った。

「わたしは幽霊にも檜山さんにも会わないからね」

「お母さん」

里奈の声に喜色がのった。

「ほんと、一度きりだからね」

「うん」

里奈が俺を振り向いた。そして、小さく頷き合った。

「で、さっそく、その日程なんだけど――」今度は俺が説得にかかる。「できれば、明日、行きたいんだよね」

「はぁ？　明日？」

「うん。急で申し訳ないんだけど」

「そんなの無理に決まってるでしょ。整体院の予約が埋まってるんだから。それに明日は月曜日でしょ？　あんたたちだって仕事があるじゃない」

「俺たちは、仮病で休むことにしてるんだ」

「仮病って……。そんなの、わたしは無理。お客さんたちに申し訳ないよ」

「まあ、うん。俺も、それは分かるんだけどさ。でも、週間天気予報を見たら、明日がいちばんいいみたいで──」

「お墓参りに行くのに、そこまで天気を気にしなくてもいいでしょ？　雨が降ってたってお墓は逃げないんだから、みんなのスケジュールが合うときに行けばいいじゃない」

「いや、でもさ、せっかく久しぶりに家族三人で遠くまでドライブするんだから、晴れてた方がいいじゃん。それに、善は急げって言うし」

　さすがに、この台詞は強引すぎるかな、と俺が内心で思っていると、母の眉間に再びシワが寄った。

「建斗」

「ん？」

「あんた、何か、隠してるでしょ？」

「は？　隠すことなんて何もないけど？」

とぼけてみせた俺は、しかし、怪訝そうに覗き込んでくる母の視線に内心どぎまぎしていた。

するると、そこで里奈が助け舟を出してくれた。

「じゃあ、お母さんは、いつならいいの？」

「わたしは……、そうねぇ、まあ、来週の日曜日なら定休日だし」

つまり、一週間後ということだ。

それでは、せっかくの桜が散ってしまう。

「なんとか、明日にできないかな？　俺、もう、行く気満々なんだけど」

再び俺が不自然を承知で説得にかかった。

すると、何を思ったのか、里奈が〝手はず〟とは違うことを言い出したのだ。

「まあ、お兄ちゃん、そんなに急がなくてもいいんじゃない？」

「え――？」

里奈、お前、何を言い出すんだ？

「わたし、お母さんの気持ち分かるよ。整体のお客さんを裏切りながらだと、罪悪感を抱いたままのお墓参りになっちゃうし、ドライブだって心から楽しめないでしょ」

「里奈……？」

おい、どういうことだよ？　それじゃ、せっかくの〝花の森〟が葉桜になっちゃうだろ。

「だから、お母さんの都合に合わせて、次の日曜日にしようよ。そしたら、わたしたちだって仮病を使わなくて済むし。ね、そうしよ、お兄ちゃん」

里奈が急な心変わりをしたとは考えにくい。おそらく――いまの里奈には、何かしらの考えがあるのだろう。俺は、自分にそう言い聞かせながら、とりあえず折れることにした。

「まあ、お前がそう言うなら、俺は、いいけど……」

「じゃあ、決まりね。一週間後の日曜日ってことで」

嬉しそうな里奈を見て、根負けした母がやれやれという顔をした。

俺は、葉桜になった新緑の〝花の森〟をイメージしつつ、里奈の態度の急変に違和感を抱えたまま、「おう、了解」と、短く答えるのだった。


週間天気予報は、見事に的中した。

月曜日は晴れ、火曜日はきっちり暴風雨となり、さらにその翌日から三日間は、ぬるい雨がしっとりと世界を濡らし続けたのだ。

そして訪れた日曜日——、俺は、母のプリウスのステアリングを握り、高速道路を走っていた。

里奈と一緒に息を呑んだあの満開の日から、すでに一週間が過ぎている。〝花の森〟の桜は、どれくらいの花を残してくれているだろうか。せめて半分だけでも……と願ってはいるけれど、理性的に考えれば『さすがにそう甘くないよな』といったところだった。

高速道路の車の流れは悪くなかった。

遠い山々の上に広がる空は、まるで初夏を思わせるような爽快なブルーだ。しかし、車内には、むしろ湿っぽいような緊張感が漂っていた。思えば、父が家を出てから二〇年――、残された家族三人は、それぞれ自らの胸の内に「わだかまり」という灰色の雪を積もらせてきたのだ。その三人が、いま、同じ車に乗って桑畑村へ向かっているのだから、そんな空気になるのも仕方がないだろう。

そして、その空気の源泉となっているのは、やはり墓参りに気乗りしていない母だった。里奈は、そんな母の気分を少しでも盛り上げようと、明るめの言葉を投げかけ続けていた。しかし、ステアリングを握る俺の目には、里奈の言葉の妙な明るさが、むしろ空回りして、車内を微妙な空気にしているようにも映るのだった。

わだかまり、か――。

胸裏でつぶやいた俺は、おとなしく左車線を走行しながら『わだかまりって、漢字でどう書くんだっけ？』などと考えては、車内の空気に自分の気持ちが侵食されないよう心を砕き続けた。

途中、サービスエリアに寄ると、母と里奈はトイレに行った。手持ち無沙汰になった俺は、ぶらぶらと売店のなかを歩いてみた。すると、わりと目立つ棚に陳列された「鮎ポテチ」というスナック菓子を発見した。

うわ、これ、懐かしいな……。

黄色いパッケージに、シンプルな鮎のイラスト。これは、かつての父が釣りや植樹の帰りによく土産に買ってきてくれた菓子で、家族みんなのお気に入りだった。

これを食べながら桑畑村へ向かうのも悪くない。車内の空気を変えるきっかけになるかもしれないし――。

そう考えた俺は「鮎ポテチ」を二つ買って、プリウスへと戻った。

トイレから先に戻ったのは、里奈だった。

里奈は後部座席に座り、声をかけてきた。

「お兄ちゃん、コーヒーとお茶を買ってきたけど、どっちがいい？」

「お、サンキュ。じゃあ、コーヒーもらうわ」

俺はペットボトルのコーヒーを受け取ると、キャップを外しながら続けた。

「桜、やっぱり、散ってるだろうな」

「そうかもね。でもさ、それはそれでいいんじゃない？」

「なんだよ、いいのかよ」

「うん。だって、お母さん、今日で心変わりするかも知れないし。もし、そうなったら、また連れて行こうよ。今度は満開の日に」

里奈は、さらりと言って、ペットボトルのお茶を飲みはじめた。

ようするに里奈は、母に満開の〝花の森〟を見てもらうことより、墓参りをしてもらうことの方が大切だと考えているのだろう。

それからまもなく母もトイレから戻り、助手席に座った。

「はい、これ。懐かしいお菓子」

言いながら俺は「鮎ポテチ」の黄色い袋をひとつ母に押し付けると、「んじゃ、出発するよ」と言ってプリウスのアクセルを踏んだ。

サービスエリアを出て、高速道路の車線に戻る。

俺がちらりと助手席を見ると、母はどこか困ったような横顔で「鮎ポテチ」を見ていた。すると背後からひょっこり顔を出した里奈が、「うわぁ、それ、懐かしいね。食べよう、食べよう」と言い出した。そして、母の手から「鮎ポテチ」の袋を奪い取り、封を開けた。

サク、サク、サク……。

後部座席から小気味いい咀嚼《そしやく》音が聞こえてくる。

「うーん、これ、いま食べても美味しい。鮎の旨みと、まろやかな塩味のマリアージュってやつ？」

そう言って里奈は「鮎ポテチ」の袋を母に戻した。

「ほら、お母さんも食べてみなよ」

「え？　うん……」

母は、あまり気乗りしない様子だったが、これ以上、車内の空気を重くするつもりもないのだろう、一枚、二枚とチップスを口に入れた。

「建斗も食べる？」

母が袋の口を俺に向けたので、俺は「うん」と答えて一枚つまむと、それを口に入れた。適度にエアリーで軽快な歯ごたえ。そして舌の上に広がる懐かしい風味。

「そういや、これを食べながら、父さん、よくビールを飲んでたなぁ」

俺は、当時を回想しながら父の話題を振ってみた。すると後部座席から里奈の声が聞こえた。

「わたしも、その光景、うっすらとだけど覚えてる。お母さんも好きだったよね、このお菓子」

「そう――だったっけ？」

母は、ひとりごとみたいに言うと、手にした「鮎ポテチ」をもう一枚つまんで口に入れた。そして続けた。

「このお菓子、名前は『鮎ポテチ』なのに、原材料に使われてる魚はスケソウダラなんだって――。あの人、そのことをやたらとおかしそうに説明して笑ってた。それだけは、覚えてる」

母は、そう言って曖昧に微笑んだ。

この菓子を通して母さんが思い出す父さんの顔は、兎《と》にも角にも笑顔なんだ……。

俺は〝壁のアルバム〟で見つけた父の笑顔を思い出した。

すると、里奈が母に妙なリクエストをした。

「へえ、そうなんだ。ねえ、お母さん、袋の裏の原材料ってところ、読んでみてよ。二〇年経ったいまでもスケソウダラが使われてるのか知りたい」

「うーん……」と、つぶやきながら、母が袋の裏の小さな文字とにらめっこをする。「あ、本当にスケソウダラって書いてある。でも、鮎エキスっていうのも入ってる」

「鮎エキス？　どういうエキスだよ、それ？」

俺が突っ込むと、里奈と母はくすりと笑った。

「ここにお父さんがいたら、鮎エキスってのはね――って、教えてくれたかもね」

「かもな。何でも知ってる人だったから」

そして、この会話をきっかけに、三人は、家族が四人だった頃の思い出話をぽつぽつとしはじめたのだった。

あの人は博識だったから、もしも家族でテレビのクイズ番組に出たら優勝できたんじゃないかとか、お小遣いのほとんどを書籍代に費やす人だったから博識なのも当然だとか、とくに植物に詳しくて春になるとみんなで川原に行って土筆《つくし》とかノビルとかの野草を採って天麩羅《てんぷら》にしたとか、里奈が集めたスギナでお茶を作ったりもしたとか、ああ見えて高校時代のお父さんは陸上の長距離選手だったとか、夫婦そろって穏やかな性格だから、声を荒らげて喧嘩をしているところを見たことがないとか……。

俺の記憶が里奈の記憶を呼び起こし、里奈の記憶が母の記憶を呼び起こしていく。プリウスのなかで生まれた「追懐の連鎖」は、それまであまり居心地がいいとは言えなかった車内の空気をゆっくりと、しかし、確実に晴らしていった。

三人で分けた「鮎ポテチ」が空っぽになったとき、助手席と運転席のあいだに置いたポリ袋を指差しながら、俺は言った。

「このなかに、もう一袋買ってあるけど、食べる?」

返事をしたのは里奈だった。

「ううん。それは、お父さんのお供え物にしようよ」

「…………」

何も答えない母をちらりと見て、俺は「なるほど。そうすっか」と代わりに返事をした。

それから少しのあいだ、車内に沈黙が降りた。

このまま元の湿った空気に戻ったら嫌だな……と俺が考えていると、思いがけず、助手席の母がしゃべりはじめた。

「この前、ある女性のお客さんから聞いたんだけどね――、人って、死んだら、体重が二十一グラム軽くなるんだって」

「え……？」

母の唐突な台詞に、俺は思わず助手席を一瞥した。すると母はフロントガラス越しの春めいた景色をじっと見詰めたまま、どこかひとりごとのように続きを口にした。

「その二十一グラムっていうのはね、死んだ瞬間、身体から抜け出る魂の重さなんだって」

「それって、科学的に証明されたことなの？」

里奈の問いかけに、母は「さあ、どうなんだろうね……」と曖昧に返した。

「わたしもお客さんから聞いたことだから、事実かどうかは分からないんだけど。ただ、そのお客さん、とてもお世話になった恩人が亡くなったとき、ご遺体を見ながら、ふとそのことを思い出したんだって。ああ、この人も二十一グラム軽くなったのかなって」

「…………」

「…………」

「その亡くなった恩人はね、生前は、かなり好き放題に生きてた自由人だったらしいんだけど、亡くなる前に、病院のベッドで後悔を口にしたんだって」

「後悔？」

里奈が訊き返した。

「そう。後悔。元気なうちに、もっと思い切り冒険して、やりたいことを全部やっとけばよかったって」

「え、自由人だったのに？」

　俺も訊いた。

「そうなの。自由人だったのに」

「で？」

　里奈が話の続きを催促する。

「なんか、わたしね、その話をお客さんから聞いたとき、思ったんだよね。自由人が死ぬ間際に後悔するくらいなら、一般人は、少しくらい周りに迷惑をかけたとしても、自分の心に正直に生きた方がいいのかもなって。まあ、性格的に、わたしには、ちょっとハードルが高いと思うけど」

　最後の一文だけ、母は声のトーンを少し明るくした。

「そっか……」

　とつぶやいた里奈は、そのまま黙ってしまった。

　少しくらい周りに迷惑をかけても、自分の心に正直に、か……。

　俺は再び古い写真のなかで笑っていた父の顔を思い出した。

　ようするに母は、父のことを「自分の心に正直に生きた人」だと言いたいのだろうか？　だとしたら母は、父の人生を多少なりとも肯定的に捉えているのか？　あるいは、そうではなくて、いまも尚、完全に否定しているのか？

　蒼々とした遠い山並みを眺めながら、俺は父の人生を憶った。そして、いまの自分を鑑《かんが》みた。

すると、なぜだろう、頬を撫でてくれたときの春菜の手のぬくもりと、そのずっしりとした重さを思い出すのだった。

俺は、自分の心に正直になんて生きられてないよな――。

「ふう……」

思わず俺はステアリングに向かって深いため息をこぼした。

それからほどなく、ノロノロ運転をするトラックに追いついた。そのトラックは過積載なのか、わずかな登坂でもマフラーから黒い排気ガスを吐き散らし、いっそう速度が落ちる。

そういえば、今日の俺、何も考えずに、ただ、ぼんやりと左車線だけを走行してたな……。

胸裏でつぶやいた俺は、里奈にもらったコーヒーをひと口飲むと、ステアリングを握り直した。そして、ぐっとアクセルを踏み込んでプリウスを加速させ、左車線から飛び出した。

追い越し車線に入ると、目の前の風景がパッと開けた。

遥か先まで、視界良好じゃん――。

俺は、そのままトラックを追い越すと、パステルブルーの青空を眺めながら深呼吸をした。

――ようこそ清流の里　桑畑村へ
そう書かれた看板の脇を通り過ぎたとき、俺はステアリングを握りながら「ふう。やっぱ車でも疲れるわ……」とひとりごちた。凝った首を左右に傾け、コキ、コキと鳴らす。

植樹をするために、ほぼ毎月この寒村まで通い詰めた当時の父を憶うと、あらためて執念のようなものを感じてしまう。

「お兄ちゃん、お疲れ。もうすぐ到着だね」

後部座席の里奈がねぎらいを口にしたけれど、助手席の母はきゅっと唇を引き結んだまま黙っていた。

ここは、母さんが、ずっと避けてきた因縁の土地だもんな。心を閉ざしたようになるのも仕方がないよな……。

母の心の固さを感じ取りながら、俺は先週と同じ道を辿って車を走らせていく。

やがて道路は澄明な川の流れに寄り添った。

今日の真澄川は、ハッとするほど鮮やかな翡翠《ひすい》色にきらめいている。

「父さん、あの川で釣りしてたんだよな」

ひとりごとのような俺の言葉に、助手席の母も川に視線を向けた。しかし、道路が川に最接近したところで、すっと目を背けてしまった。

ほどなくプリウスは真澄川から離れ、似たようなつくりの家々が立ち並ぶ住宅地を通り抜けた。

「お母さん、もうすぐだよ」

と、里奈が母に言って間もなく、細くなった道路の先にあばら家が見えてきた。

俺は、しばらく口を閉ざしている母の横顔をちらりと見て、優しくブレーキを踏んだ。そして、プリウスを門扉のない門柱の前に停車させた。

「着いたよ」

エンジンを切った俺は、さっそく運転席のドアを開け、片足を地面に着けた——のだが、その格好のまま車内を振り返った。

助手席の母が、人形のように固まっていたのだ。

「母さん？」

声をかけてみたものの、母はウインドウ越しにあばら家を見詰めるばかりで言葉を失っていた。

この家をリアルで見たら、さすがにショックか……。

俺が胸裏でつぶやいたとき、後部座席から少し明るめの里奈の声が上がった。

「お母さん、ほら、降りるよ」

すると、ようやく母は「うん……」と小さく頷いた。そして、助手席のドアを力無く開けた。

あばら家の玄関の前に三人が立った。

檜山から預かった合鍵をジーンズのポケットから出し、引き戸を解錠した。まずは俺が家のなかへと入っていく。その後ろを、里奈にそっと背中を押されながら母が付いてきた。緊張した面持ちで靴を脱ぎ、部屋に上がった母は、室内をゆっくりと見回した。そして、ぽつりとつぶやいた。

「おんなじだね、建斗が撮った写真と……」

当たり前すぎる言葉に、どう答えるべきか迷った俺は、ただ「うん」と短く答えた。

「ほら、あの壁だよ」

里奈が〝壁のアルバム〟を指差した。

母は黙って頷くと、恐るおそるといった感じで、その壁に向かって足を踏み出した。

時代めいた砂壁に、びっしりと並ぶ写真の数々——。

それを目の当たりにした母は、溢れ出しそうな感情を胸の奥に押し戻そうとでもするかのように、ぎゅっと眉間にシワを寄せ、そのまま棒立ちになった。

俺と里奈は、そんな母の両脇に立ち、あらためて幸せだった頃の家族写真に見入った。

「ねえ、お兄ちゃん」

「ん？」

「檜山さん、遺品は好きに持ち帰っていいって言ってたじゃん？」

「ああ、言ってたけど？」

「この壁の写真、もらっていかない？」

俺は、返事をする前に、隣で突っ立っている母を見た。そして、そっと問いかけた。

「母さんは、どう思う？」

「え？」

ハッとしたように母が俺を見た。

「この壁の写真だけど、遺品として持って帰りたい？」

俺は、あらためて問いかけた。

「…………」

母は唇を引き結んだまま、かすかに視線を泳がせた。

以前なら、ほぼ反射的に「まさか、いらないよ」と撥《は》ねつけたはずなのに、いまの母の心は、それができなくなっているらしい。

父に強い思い入れがありそうな妹。

心が揺らぎはじめた母。

二人の折衷案を取って、俺は言った。

「じゃあ、全部じゃなくて、それぞれが適当に何枚か見繕って持ち帰るってのは？」

その俺の案に、里奈が軽く手を叩いて答えた。

「うん。そうしようか。ね、お母さん？」

しかし母は、「別に、わたしは……」とだけ言って口を閉じてしまった。

「とくに欲しい写真がなかったら、それはそれでいいよ。とにかく、わたしとお兄ちゃんで適当に見繕っておくね」

里奈の言葉に、母は「ふう」と嘆息した。それが、曖昧な肯定の合図のようになった。

「じゃあ、お兄ちゃん」

「オッケー」

俺と里奈は、一枚、また一枚と、壁の写真を見繕っていった。そんな二人に挟まれた母は、捨て置かれた子供のように立ち尽くしながら、それでも視線だけは動かして壁の写真たちを眺めていた。

俺は、壁に顔をくっつけるような格好で、数少ない「笑顔の父」の写真を探していた。いつかの母のために——という、おせっかいを考えていたのだ。しかし、先に見つけたのは、父の笑顔ではなく、幼い頃の自分の笑顔だった。森に面した釣り堀のほとりで、ニジマスを両手でつかんだ少年が大きな笑顔を咲かせている。もちろん、その誇らしげな笑顔は、ライカを構えた父に向けられたものだ。

一応、これも、取っておくか……。

胸裏でつぶやいた俺は、その写真を留めていたピンを引き抜いた。

と、その刹那——、

ひらり。

うっかり写真を床に落としてしまった。

「おっと……」

つぶやきながらしゃがんだ俺が、その写真を拾い上げようとしたとき、なにやら裏面に文字が書かれていることに気づいた。

写真をつまみ上げた俺は、立ち上がりながらその文字を読んだ——、と同時に喉の奥から声が洩れていた。

「え……」

写真を手に固まった俺を訝しげに見た里奈が、

「お兄ちゃん、どうしたの？」

と小首を傾げる。

「これ……」

短く答えた俺は、写真の裏面を上にして、里奈と母の二人が見えるように差し出した。

釣り堀にて
「パパより大きな魚を釣ったよ！」
と嬉しそうな建斗
パパも嬉しいよ
いつか一緒に渓流釣りをしたいな

少し色褪せた紺色のインクで記されていたのは、父の手による写真のキャプションだった。

俺は、紺色の文字から視線を剝がし、隣を見た。

眉間にシワを寄せた母は、右手で口元を押さえたまま、じっとキャプションを見詰めていた。

「お兄ちゃん」

「ん？」

里奈は、下まぶたに透明なしずくを溜めていた。

「見て。わたしが選んだ写真にも……」

里奈は声を潤ませながら、一枚の写真を俺に差し出した。

表面は、両手で鉄棒に乗った里奈が嬉しそうに笑っている写真だった。そして、裏面にはこう記されていた。

ついに逆上がりができた！
がんばり屋さんの里奈は
手の皮がむけるほど練習しました
やったね！　おめでとう！
パパは感動で
うるうるしながらの撮影です

キャプションを読んだ俺は、あらためて表面の写真を見た。小さく四角い画面から、優しい父親のまなざしが滲み出ている気がした。

「ほら、母さん、これも」

俺は、幼い里奈の写真を手渡した。

そして、すでに壁から剝がした写真の束を上から順番に一枚一枚めくりつつ、そこに書かれたキャプションを読んでいった。

「すごいな。どの写真にも書いてある」

「わたしのも、全部だよ……」

里奈の潤み声と洟《はな》をすする音が、静かな室内に響く。

気づけば俺の胸の奥にも、ウエットで熱っぽい塊が生じて、それがどんどん大きくなっていった。

これは、ヤバいな——。

俺は慌てて深呼吸をして、その熱っぽい塊を吐き出そうとした。そして、自分に言い聞かせた。

あの人は、俺たち家族を捨てた人なんだぞ――。

こうでもしないと、うっかり母より先に落涙してしまいそうだったのだ。

「ほら、これも」

俺は、母に写真の束を手渡した。

「わたしの写真も」

里奈も俺に倣って、母に写真の束を差し出す。

二人から写真を押し付けられた母は、相変わらずぎゅっと眉間にシワを寄せて、押し寄せる感情の波に抗っているようだった。かすかに色褪せた写真をじっと見詰めては、震える指でゆっくりとめくり、紺色のインクで書かれた達筆な文字を視線で追っていく。

「ったく、参ったな……。やっぱり俺、この壁の写真――」

俺が言いかけると、

「うん。ぜんぶ持って帰ろうよ」

と、里奈が続きを口にした。

「だよな」

それから俺と里奈は、それぞれ壁の左右の両端に分かれると、端から一気に写真を剝がしていった。そうして集められた写真の束は、里奈の髪留め用のゴムでまとめて、俺のショルダーバッグにしまわれた。その間、母は、じっと黙ったまま、二人に押し付けられた写真と、裏に書かれたキャプションを放心したような目で眺めていた。

「お兄ちゃん、そろそろ、お墓参りに行かないと」

腕時計を見て、里奈が言った。

たしかに、ここでのんびりしている余裕は無い。墓参りを終えたら、母に桜の巨木を見せてやりたいし、なによりお日様が高いうちに〝花の森〟を見てもらわなければならない。

「そうだな。じゃあ母さん、その写真、いったん俺が預かっておくよ」

そう言って俺は、母の手から写真の束を受け取ると、さっき髪留めでまとめた束と一緒にして、ショルダーバッグのなかにしまった。

「よし。墓参り、行こうか」

俺が言った。すると里奈が、「あ、その前に――」と言って、裏庭に面した掃き出し窓の前に立った。

「お父さん、ここにも何か残してるかもよ」

意味深な台詞を口にした里奈は、レースのカーテンを引き開け、ガラス越しに裏庭を見た。

裏庭に？

「なんだよ、それ」

里奈の言葉に小首を傾げた俺は、少し遅れてハッとした。

そういえば前回ここを訪れたときも、里奈は一人で裏庭を眺めていたではないか。しかも、そのとき里奈の横顔が泣いているように見えたのだ。

俺は足早に窓辺へと向かった。

里奈の横に並んで立ち、窓ガラス越しに小さな裏庭を見てみる。

え……。

俺は、息を呑んでいた。

裏庭の真ん中あたりには、川原に転がっていそうな直径二〇センチほどの丸っこい石が並べられていて、それが小さな花壇となっていたのだ。

「か、母さん、ちょっと……」

俺は、母を振り向いて手招きをした。

母は、わずかに不審げな顔をしたけれど、とりあえず言われたとおり俺の隣に立った。

そして、次の刹那——、まるで幽霊でも見つけたような顔をして固まった。

そんな母を横目に、俺はそっと後ろに下がると、無言のまま里奈の袖を引いた。里奈も、母を残して静かに後ろに下がる。

窓辺で立ち尽くす母の背中を眺めながら、俺は囁くような声で訊いた。

「里奈、お前、先週も裏庭を見てたよな？」

「うん」

「じゃあ、あの花壇のこと」

「知ってたよ」

やっぱり——。

俺は、軽く嘆息した。

「なんで黙ってたんだよ」

「まだ咲いてなかったから。次に来たときに教えればいいかなって」

里奈は、あっけらかんとした顔で俺を見上げた。

「お前なぁ……」

「ねえ、お兄ちゃん」

「ん？」

「それより、早くお墓参りしに行こ」

「え——、母さん、もうしばらく、あの花壇を眺めていたいんじゃないか？」

小さな花壇で咲き誇る、薄紫色の花々を——。

「大丈夫だよ」

「え？」

「もう、いいと思う」

里奈は軽めの口調でそう言うと、すたすたと母に近づいていき、そっと背中に手を置いた。

「お母さん、そろそろお墓参り、行こ」

すると母は、何も言わず、ただ「ふう……」と深いため息をついた。そして、里奈の手に押されるがままに、掃き出し窓に背を向けるのだった。


あばら家を後にした三人は、春の瑞々しい風に吹かれながら墓地へと歩いた。

壁の写真とそのキャプション、そして裏庭の花壇に咲く紫花菜を見てからというもの、母は、ぼんやりと物思いに耽ったようになり、いっそう口数を減らしていた。

そんな母を元気づけるように、昨日買った供花を手にした里奈が、ぽつり、ぽつり、と声をかけている。少し後ろを歩く俺は、二人の華奢な背中を眺めながら、ショルダーバッグに詰め込んだ写真の束の重みを味わっていた。

近くの枝で、ウグイスが鳴いた。

「あ、ウグイス」

と里奈が顔を上げる。

しかし、母は顔を上げず、小さく「うん」とつぶやくだけだった。

そして、このとき俺は気づいたのだ。普段から姿勢にだけはうるさい整体師の母の背中が、力なく丸まっていることに。

軽く嘆息した俺は、いつもより小さく見える母の背中から視線を剝がし、パステルブルーの春空を見上げた。

この空も、まぶしい新緑の山々も、翡翠色の清流も、光の粒子を含んだような風も、本当に、いちいち美しい。この村を父が好きになったのも頷ける。でも、父が好きになった村だからこそ、残された家族三人は好きになれずにいるし、きっとこの先も好きにはなれないだろう。

再び、近くでウグイスが鳴いた。

進行方向から、清涼な森の匂いのする風がすうっと吹いてきて俺の前髪を揺らす。

せめて深呼吸をして、肺と気分を洗おう――。

そう思って吸い込んだ風は、しかし、どこか湿っぽいため息となって吐き出された。

俺は、あらためて丸まった母の背中を見た。

はたして母をここに連れてきたことは正解だったのだろうか？

自分に問いかけながら、俺は、あばら家のなかで見せた母の痛々しいような表情を思い出す。

父が書き残した写真のキャプションを見ても、裏庭の花壇を見ても、結局、母は涙を見せなかった。あの表情や仕草からすると、間違いなく、込み上げてくるものはあったはずだ。つまり母は、溢れかけた感情を必死に飲み込んだのだ。

子供たちの手前、涙だけは見せまいと意地を張ったのか。あるいは、父への積年の恨みつらみが涙を抑え込ませたのか——。

あれこれと考えているうちに、墓地のある斜面が近づいてきた。遠目から父の墓を見遣ると、先週と同じ空き瓶に、先週とは違う花が供えられていた。しかも、かなり新しそうだ。

また、村の誰かが花を替えてくれたのだ。

花、買ってこなくてもよかったな——。

俺は、里奈が手にした供花を見ながら胸裏でつぶやいた。


やがて俺たち三人は質素な墓石の前へとやってきた。

「お父さん、お母さんが来てくれたよ」

墓石に向かって囁いた里奈は、手にしていた花束を横にして供えた。その様子を視界の端で捉えながら、俺が線香の束に火をつける。

母は、ひとり黙って墓石を見詰めていた。

「はい、線香。三等分ね」

火のついた線香を里奈と母に分けた。

そよと吹く春風に、青い煙がたなびく。その匂いが、なぜだろう、俺の気分をいくらか穏やかにさせた。

最初に線香を手向けるのは、やっぱり母だろう――。

俺と里奈はそう思って母を見た。しかし、母は線香をつまんだまま動こうとしなかったので、俺と里奈は小さく頷き合った。そして、俺、里奈の順に線香を手向け、それぞれ墓石に向かって両手を合わせた。

「はい。お母さんの番だよ」

里奈が、そっと背中に手を添えてやると、ようやく母の身体が動き出した。ぎこちない所作で線香を供えた母は、そのまま首《こうべ》を垂れて両手を合わせた。

俺は、その様子を斜め後ろからじっと見詰めていた。しかし、髪の毛が横顔を隠してしまい、母がどんな顔で合掌しているかは見てとれなかった。

でも――、とにかく、母は、父の墓参りをしたのだ。

俺は、里奈を見た。

予想通り、里奈は、手を合わせた母の姿を感慨深げに眺めつつ、その瞳を透明なしずくで揺らしていた。

「里奈」そっと声をかけた俺は、手にしていた「鮎ポテチ」を里奈に差し出した。「これ、供えるんだろ？」

「あ、そうだった」

泣き笑いみたいな顔で受け取った里奈は、母の合掌がほどかれるのを待ってから、墓前に「鮎ポテチ」を供えた。

ふわり。ふわり。

斜面の上から春風が吹き下ろしてくる。

俺は、その風の出所を探すように顔を上げた。

斜面の上には、相変わらず神社の屋根と桜の巨木のてっぺんが少しだけ見えている。しかし、先週、ちらほらと咲いていた巨木の花は、すでに散り落ちて、まばらな黄緑色の葉っぱに入れ替わっていた。

やっぱり、間に合わなかったか……。

俺は〝花の森〟を想いながら胸裏でつぶやいた。そして、視線を墓へと戻したとき、「母の墓参」という願いをひとつ遂げた里奈が潤み声を出した。

「お母さん、ありがとね……」

「ううん」

小さく首を振った母は、もう一度、質素な墓石を見下ろすと、少し疲れたように嘆息した。

「じゃあ、桜の巨木のある神社に行くか」

俺が二人に声をかけると、母がつぶやくように答えた。

「そこは、いいよ」

「え？」

「なんで？」

俺と里奈が、ほぼ同時に言った。

「もう写真で見せてもらったし。あそこに少し見えてる、あの桜でしょ？　もう、お花も散ってるみたいだしね」

言いながら母は、斜面の上に少しだけ見えている桜の巨木に視線を送った。釣られて俺と里奈も斜面の上を見上げた。

「本当に、いいの？　お父さんが世話した桜だよ？」

里奈が、訊く。

「うん。いい」

淋しさと気怠さを混ぜ合わせたような顔で、母は頷いた。

「お兄ちゃん――」

里奈が、助けを求めるように俺を見た。

「まあ、母さんがいいなら、あそこは、いいんじゃないか？」

俺は宥《なだ》めるような口調で言った。

なにしろ、あの巨木は、すでに樹勢が弱まっている。父亡きいまとなっては「枯れゆく桜」なわけだし、父からしたら、救うことができなかった「無念の桜」に違いない。いまさら、あの桜を見せたところで、母の感情にポジティブな影響が生じるとも思えない。

いいよね、父さん――。

墓石を横目に見ながら、俺は胸の内でつぶやいた。

と、そのとき、ふと思った。

いつか、あの桜が枯れたときも――、あれほどの巨木であっても、やっぱり二十一グラムだけ軽くなるのかな……。

俺は、再び斜面の上に視線を送った。

すると、里奈が気持ちを入れ替えたような声を出した。

「じゃあ、分かった。〝花の森〟に行こう」

「ハナノ――、モリ？」

母が、小首を傾げた。

「うん。お父さんが植樹した桜の丘のことだよ。お父さんが、そう名付けたんだって」

「…………」

里奈の言葉に、母は一瞬、瞳を翳らせたように見えた。

「行くよね、お母さん？」

里奈が、念を押した。

すると母は「ふう」とため息をこぼした。

「やっぱり、そこも、見なくていいかな」

「え――」

「ちゃんと約束どおり、お墓参りはしたでしょ？」

母は、小さな子供を諭すような声でそう言った。

「でも……」

「なんか、ちょっと、疲れちゃった。お母さん、そろそろ帰りたいかも」

母は眉をハの字にして軽く笑って見せた。

そんな母を、里奈が黙って見詰めていた。母にかけるべき次の言葉が見つからないのだ。

遠くの山でウグイスが鳴いた。

すると、里奈の唇が動いた。

「ここまで来て、嫌だよ……」

「え――」

「わたし、お母さんを連れていきたい」

「里奈……」

「だって、桜でいっぱいになったあの丘にはさ――」と、ここまで言ったとき、ふいに里奈の顔がくしゃっと崩れて、泣き顔になった。「お父さんからの……メッセージが……溢れてるんだもん」

語尾を震わせた里奈の目から、ぽろぽろとしずくが伝い落ちる。

一瞬、ひるんだ母が、「でもね……」と口を開きかけたとき、ほぼ反射的に俺の口から言葉が飛び出していた。

「俺もだよ。俺も、母さんのこと、連れていきたい」

「建斗……」

困ったような顔をした母と、俺の視線がまっすぐにぶつかった。

「俺……、母さんが、植樹の現場を見たくないっていう気持ち、分かるよ。だって、この人――」俺は、ちらりと質素な墓石を見て続けた。「俺たちを放っぽって、桜の植樹にうつつを抜かしてさ、最後は家族を捨てた人だしね。俺だって、正直、完全には許せてないし、墓の前で言うのもナンだけど、しようもない人だよなって思ってる。でも――、それでもさ、本当にすごいんだよ、あの丘は」

「…………」

「先週、里奈と来たときは満開でさ、めちゃくちゃたくさんの人たちが花見に集まってて、みんな嬉しそうに笑ってたんだよ。で、その人たちの笑顔を見てたらさ、なんか、俺、しみじみと、『親父、こんなことをしてたのか、マジですげえな――』って思って。だからさ、一度だけでいいから、母さんも見てあげてよ」

そこまで言って、俺は深呼吸をした。

「でも、その桜も……、もう、散っちゃってるでしょ？」

再び眉をハの字にした母は、俺の視線から逃げるように墓石を見下ろしながら言った。

「まあ、たぶんね。でもさ、葉桜だっていいじゃん。この葉っぱが全て花だったら――って、満開をイメージしただけで、感動すると思うからさ」

切々と話した俺の台詞の尻尾《しっぽ》を、里奈がつなぐ。

「桜が咲いてるかどうかじゃないの。とにかく、わたしは、お父さんが必死につくった〝花の森〟をお母さんに見せたいだけだから。お願い、お母さん」

切実な目で、里奈は母を見た。

ふわり。ふわり。

コットンタッチの春風が、斜面を滑り降りてくる。

そして、その風が、穏やかな線香の香りを広げて、三人を淡く包み込んだ。すると、

「はあ……」

深いため息をこぼした母が、根負けしたように頷いた。

「分かった。二人がそんなに言うなら——、ね」

最後の「ね」を口にしたほんの一瞬だけ、母の視線は質素な墓石に向けられていた。


墓地を後にした三人は〝花の森〟に向かった。

ぽつり、ぽつり、と言葉を交わす里奈と母の背中をぼんやりと眺めながら、俺はひとり父の人生を憶っていた。

その人生を、あえてひと言で表現するなら、それは「罪滅ぼしの人生」となるのではないか？

そもそも父は一流企業に勤めていたことで収入は安定していたし、幸せな家庭を持っていたし、趣味を充実させて休日も楽しんでいたわけで、はたから見たら順風満帆と映ったはずだ。

つまり、脇道になど逸れず、大きく張った帆に追い風を受けながら悠々と生きていくという〝常識的〟な選択肢もあったはずなのだ。もちろん、たとえ失声症になったとしても、すでに

手にしている幸福をあえて自分から手放す必要などなかった。

しかし父は、それらを手放した。安定も、帰る場所も、楽しみも、すべて。そして、自分の人生を狂わせた山奥の土地へと移り住み、こつこつと植樹を続けた。

いったい、誰のために？

土砂崩れで命や財産を失った人たちと、それによって心に傷を負った村人たちのためだろうか？

だとしたら、どう考えても道理に適《かな》っていない。

そもそも父は犯罪者ではなかった。一ミリの「罪」さえも背負っていない真人間だったのだ。それなのに父は自らの人生を犠牲にして――、いや、家族三人の人生まで巻き添えにして、いらぬ「罪滅ぼし」をする人生を選択してしまった。

もしも、父が「罪」を感じるべき相手がいるとするならば、それは、この村の人間などではなく、偏《ひとえ》に捨て去った三人の家族だけのはずだ。母と、妹と、自分は、なんの落ち度もないにもかかわらず、長きにわたって苦しめられた〝被害者〟なのだから。

道理に適わぬ選択をした父は、結果として、毎月、手紙と金銭を母に送ることで、家族三人に「罪滅ぼし」をし続け、同時に桑畑村で植樹や整体の仕事をすることで、村人たちにも「罪滅ぼし」をし続けていた。

一ミリたりとも罪のない父が――だ。

あれほど賢かった父が、こんなにも理不尽な人生の選択をするなんて――、やはり、どう考えても狂気の沙汰でしかない。

しかし、その狂気が、いつしか〝花の森〟をつくり出し、そしていま村人たちをはじめとした、たくさんの人々を笑顔にしているのだ。しかも、おそらくは、この先、何十年にもわたって無数の笑顔を生み出し続けるのだろう。

あらぬ罪を背負い、人々の笑顔の素《もと》をつくり出した――。

そんな父の人生は、いったいどう評価されるべきなのだろう。

あるいは、そもそも他者が評価などすべきではないのか？

人生の価値は、手に入れた財産の量ではなく、味わった感情の質と量で決まるはずだ。

だとしたら、父は――。

そこで、ふと俺は、来る途中の車内での会話を思い出した。

母から聞いた、亡くなった「自由人」の話だ。

自由気儘《きまま》に生きたはずの人ですら、死ぬ間際になると「もっと自由に生きればよかった」と後悔の感情を口にする。だったら普通の人は、少しくらい周りに迷惑をかけてでも、自分の心に正直に生きるべきなのかも知れない。そんな話だった。

もしも、そういう生き方を「良し」とするのであれば、父は後悔の無い人生を送ったことになるのだろうか？　それは評価されるべき人生だったということか？　一生のうちに味わった感情の質と量に、父は納得していたのか？

分からない――。というか、正直に言えば、父が完全に納得できていたとは思えないし、思いたくもない。なにしろ父は、決して浅慮なタイプの人間ではなかったからだ。世界も、人生も、複雑に捉えていたはずだし、そういう人間であって欲しいという思いもある。

分かっていることは、ひとつ。

いまの俺自身の気持ちだ。

もしも父が、後悔のない人生を送ったと納得していたとしても、俺は父の人生を手放しには評価しないし、したくない。

「ふう……」

ひとり静かに嘆息した俺は、いつのまにか腕を組んで歩いている母と妹の後ろ姿を見詰めた。

だってさ、耐えてきたんだよ、母さんも、里奈も、俺だって——。

胸裏でつぶやき、きゅっと唇に力を込めた。

気づけば、それまで俺たちの頭上を覆っていた樹々の枝が無くなり、周囲が明るくなっていた。そして、まっすぐだった細い道路が右に大きく曲がりはじめた。

「このカーブを曲がり終えたところだよ」

里奈が母に言った。

俺の視界には、少しずつ、あの幅広の歩道のような細長い「公園」が見えてきた。先週、多くの人が花見に集っていたスペースだ。

もうすぐだ。

もうすぐ母が〝花の森〟と出会う。

そして、三人がカーブを曲がり終えた刹那——、
里奈と母が足を止め、横に並んだ俺も棒立ちになった。

母は両手で口を押さえ、驚愕したように目を見開いていた。

俺もまた「え……」と声を洩らしたまま、呼吸すら忘れたように固まってしまった。

唯一、里奈だけが、目の前に展開した奇跡のような光景を見詰めながら、淋しげに微笑んでいるのだった。

「こ、これって……」

やっとのことで言葉を発した俺に、里奈は小さく頷いて「うん」と返した。

「桜が、散ったあとが――」

呆然とした俺が、つぶやき、

「お父さんの本当のメッセージだったんだよ」

里奈が継いだ。

その里奈の言葉を隣で聞いていた母が、「ひゅ」と音を立てて息を吸ったと思ったら――、すぐにその息は嗚咽となって吐き出された。

母が、泣いた。ついに。

俺は、そのことにも胸を震わせた。

あばら家を見ても、〝壁のアルバム〟を見ても、写真の裏に書かれたメッセージを見ても、裏庭の花壇を見ても、決して泣かずにいた母の胸のなかで、二〇年ものあいだ強固に積み上げてきた心の壁が、ついに瓦解したのだ。

「これが、花の森、か……」

誰にともなくつぶやいた俺の両目からも、ぽろぽろとしずくがこぼれ出した。

三人の目の前に広がった斜面の桜は、すっかり散り終えて、まばゆい新緑の丘に変わっていた。

　しかし、散った桜の花の替わりに――、先週、俺が、斜面全体にびっしりと生えたただの雑草だと思っていた下草が、いっせいに花を咲かせていたのだ。

　父が半生をかけてつくり出した〝花の森〟の斜面は、いま、まばゆい薄紫色で埋め尽くされていたのだった。

　里奈は、むせび泣く母の丸まった背中をそっと撫でた。

「よかった。お母さんに見てもらえて」

　うん、うん、と母は頷きながら泣き続けた。

　紫花菜。

　生前の父が、家の門の手前に作った花壇で毎年咲かせていた花。桑畑村に引っ越したあとも、裏庭に花壇をつくって咲かせていた花。

　俺たち家族の花。

「こんな、大掛かりで、遠回りなこと、するなんて……」

　俺が潤み声で言うと、里奈が泣き笑いで頷いた。

「ほんとだよね。ちゃんと口にしてくれないと伝わらないよ。お父さん、不器用すぎるよね」

　里奈の言葉に、抑えていた母の泣き声が大きくなった。

　俺は手の甲で涙を拭うと、「はあ……」と深呼吸をした。そして、そうか、そうだったのか、と自分のなかで腑に落ちた想いを口にした。

「許せないけど、嫌いじゃない――」

「え、なに？」

頬にしずくを伝わせながら里奈が訊き返す。

「俺が、この二〇年間、ずっと胸のなかで抱えてきた心のもやもやの正体」

「それが――」

「うん」

父の行動は、許せない。

でも、父のことは、嫌いじゃない。

この二つの「一見すると相反する感情」を一括《ひとくく》りにしようとすると心中に大きな矛盾が生じて――、結果、俺は苦しみ、盲目になっていたのだ。だから、そんな一括りの感情が「ある」ということにすら気づけず、あるいは認められないまま生きてきてしまった。でも、本当は、二律背反するような想いは「ある」し、それを抱いていても「いい」のだ。矛盾を抱えていても構わないし、それは矛盾ではないのかも知れない。そのことに俺は、ようやく気づいたのだった。

「許せないけど、嫌いじゃない――か」

里奈が、自分に言い聞かせるように復唱した。

「うん……」

頷いた俺は、子供のように泣いている母の背中をそっと押して、近くにあるベンチに座らせた。そして、その両側に俺と里奈が腰を下ろした。

「はあ……、この景観には、俺も、さすがに驚いたわ」

自分の感情を落ち着かせようと心を砕きながら、俺は言った。

「でしょ」

里奈も、ようやく落涙を止めていた。

「お前さ、〝花の森〟の意味、だいぶ前に気づいてたんだろ?」

俺は、母の頭越しに言った。

「まあね」

「やっぱり、そうか」

「先週ここに来たとき、紫花菜がぜんぶ咲きかけの蕾《つぼみ》だったの。だからお父さんは〝花の森〟は立ち入り禁止にしたんだなって」

言いながら里奈は、目の前に広がる〝花の森〟を見た。道路と斜面の境界を区切っているチェーン。そこにぶら下げられた「私有地につき立ち入り禁止」と書かれた札。

父は、多くの花見客に踏み付けられないよう、家族の花を守っていたのだ。

「なんで教えてくれなかったんだよ」

「だって、サプライズにした方が感動が大きいかなって」

里奈は、少し悪戯っぽい顔で微笑んだ。

その顔を見て、俺は別のことに気づいた。

「あっ、そうか」

「なに?」

「だから、お前、母さんをここに連れてくる日を、一週間遅らせてもいいって」

「正解」

「ったく……」

深いため息をついた俺を見て、里奈はくすっと笑った。

「わたしね、裏庭に紫花菜の花壇があることも、だいぶ前から知ってたんだよ」

「だいぶ前？」

「うん。じつは、ずーっと前に、一人でこの村に来たことがあるの」

「え？」

俺も、母も、思わず目を丸くしてしまった。

「でね、お父さんの家を見つけて、誰もいないなぁって、恐るおそる裏庭を覗き込んでたら、遠くから歳をとったお父さんが歩いてきてさ。しかも、なんか、不審者を見るような目で見られた気がして――、わたし、思わず逃げ出しちゃって」

「ちゃんと、会わなかったのか？」

「うん。そのまま敵前逃亡しちゃった」

そう言って里奈は苦笑してみせた。

「なるほど。だからお前、先週、あの家に入ったとき、カーテンを開けて裏庭をチェックしてたのか」

里奈は、もう何も言わず、ただ穏やかに微笑んでいた。

と、そのとき、ずっと泣いていた母が口を開いた。

「はあ……、もう、二人とも、全部わたしに内緒で……」

俺は、里奈と顔を見合わせて、フッと笑った。

「そう言う母さんだって、俺たちに、父さんからの手紙を内緒にしてたけどね」

「たしかに！」

「だって、あれは……」

母が、言葉を詰まらせたとき、遠くの山でウグイスが鳴いた。

その長閑《のどか》で澄みやかな声に耳を澄ましながら、三人は黄緑色と薄紫色のツートンカラーになった〝花の森〟を眺めた。

「俺さ、この花が散る頃に、種を取りにくるよ」

「種？」

「種？」

母と妹が、同じタイミングで同じ言葉を発したので、俺はクスッと笑って答えた。

「うん。許せないけど、嫌いになれない人が咲かせてくれたこの花の種を取って、次は俺が家族を作ったときに庭に蒔こうかなって」

するとと今度は里奈がクスッと笑った。

「お兄ちゃんって、ほんと鈍いよね」

「え、なんだよ、それ」

「わざわざ、ここに取りにこなくても、もう持ってるじゃん」

「は？」

「ほら、お父さんの形見」

あっ——。

俺の脳裏に、お守りのような巾着袋の映像が浮かび上がった。

「そっか、あれ……」

つまり父は、亡くなる直前に〝家族の花〟の種を握りしめていたということじゃないか。

俺は、ごくり、と唾を飲み込んだ。

その様子を見て、里奈がゆっくりと言った。

「わたしも結婚したら、あの花を咲かせるよ」

遠い目をして微笑んだ里奈を見て、母が眉根を寄せた。

「結婚って、里奈——」

「おまえ、まさか、あのオヤジと——」

すると里奈は「うふふ」と小さく笑った。

「違うよ。わたし、もう、トランキライザーからは、とっくに卒業してますから」

「卒業？」

俺が小首を傾げる。

「とにかく、わたしは、あの人とは、きっちり別れたし、もう自虐的な恋愛ごっこはしないって決めたから」

「里奈……」

安堵したように娘の名を口にした母の腕に、里奈は自分の腕をからめた。そして、俺に言った。

「お兄ちゃん、ライカ、持ってきたよね？」

「え？　うん」

頷いた俺はショルダーバッグのなかから、父の遺品を取り出すと、里奈に向かって言った。

「お前に、いくつも隠し事をされたけど、じつは俺も、まだ、誰にも言ってないことがあるんだよな」

「え、なにそれ？」

「ふふん。知りたいか？」

「はぁ？　そうやって無駄に引っ張らないでよ。ねえ、お母さん」

里奈は、いつものように女同士で共同戦線を張った。

「そうだよ。もったいぶらないで教えて」

「しゃあない。じゃあ、教えてやるか。ほら、ここ……」

俺は手にしたライカの底面を二人に見せた。

「ローマ字――」

里奈がつぶやいて、俺を見た。

ライカの底面には「ＴＡＫＲ」と四つの文字が彫られていたのだ。

「たぶんリューターか何かで刻んだんだと思うけど、これ、俺たちのイニシャルだよ」

「あ、ほんとだ。忠彦、麻美、建斗、里奈――。お兄ちゃん、なんでいままで教えてくれなかったわけ？」

「そりゃ、お前、サプライズにしようと思ったからだよ」

「ぜんぜんサプライズになってないし」

俺たち兄妹の掛け合いに、母が突っ込んだ。

「ほんと。サプライズの前にネタバレしちゃってたもんね。自分だけ知ってることがあるとか」

「だよねぇ」

また女たちが共同戦線を張る。

「はいはい。まあ、それはともかくさ」苦笑した俺は、家族のイニシャルが彫られたライカを握り直し、ベンチから立ち上がった。「続きを撮るから、二人ともこの辺に立って」

「続きを――撮る？」

里奈が小首を傾げた。

「うん」

俺は、当然、と言う顔で頷いた。

すると母が答えを口にしたのだった。

「あの〝壁のアルバム〟の続き？」

「さすが、ご名答です」

俺が微笑み、その笑みが母と里奈にも伝染した。

「はい、じゃあ、二人とも立って、このあたりに並んで」

俺に急かされ、母と里奈はベンチから腰を上げた。そして桜の散った〝花の森〟の前に立った。

「セルフタイマーで撮るから」

言いながら俺はライカをベンチの上に置いて、画角を調整した。

レンズは、もちろん広角。

父が残した広大な〝花の森〟が、なるべくたくさん写るように。

「うっし。こんな感じかな……。じゃあ、いくよ」

俺はシャッターボタンを押して、駆け出した。

母の右側に里奈が、左側に俺が立った。

「笑顔だよ、笑顔。もうシャッター切れるよ」

俺がそう言ったとき、俺たちのすぐ右後ろでウグイスが鳴いた。

あ――。

と、三人そろって、その声の方を向いた瞬間――、
シャコ。

ライカのシャッターが切られた。

「ちょっとぉ、撮り直しぃ」

と笑う里奈の明るい声が、まばゆい新緑の山々に沁みわたった。

エピローグ　松下春菜

「よいしょ、よいしょ」

可愛らしい掛け声とともに、先月、三歳になった凜々《りり》が、幼児用の木製の椅子によじ登る。

そして、ストンと座面に腰を下ろすとわたしを呼んだ。

「ママ、押してぇ」

「はーい」

わたしはいつものように椅子の背をそっと押して、リビングのテーブルに近づけてやった。

凜々の前に置かれた白い皿には、たっぷりの生クリームがのったふわふわなパンケーキ。

「うふふふ」

大好物を前にした凜々は、目が無くなるほど幸せそうな顔をしている――、と思ったら、皿の周囲をきょろきょろと見回しはじめた。

「あれ？　ママ、ミミっちのフォークが無いよ」

「あぁ、ごめん、忘れてた」

この「ミミっち」というのは、最近、凜々に読み聞かせている絵本『虹の森のミミっち』に出てくる、パンダ柄をしたウサギのキャラクターだ。

わたしは、キッチンの引き出しから、持ち手に「ミミっち」が描かれたフォークを取ってきて、娘に「はい、どうぞ」と差し出し、向かいの椅子に腰を下ろした。

「ママ、ありがと」

「どういたしまして」

お気に入りのフォークを手にした凜々は、さっそく「いただきまぁす」と上機嫌な声を出した。

ぱくり、ぱくり。

夢中でパンケーキを頬張る愛娘。

食べ進めるほどに、小さな口のまわりに生クリームがどんどんついて、まるで白い口ひげみたいになっていく。その様子があまりにも可愛くて――、わたしはそっとスマホを手にすると、こっそり凜々の動画を撮った。そして、その動画にメッセージを添えて、休日出勤中の夫に送信した。

『季節は春だというのに、我が家には小さなサンタクロースが降臨しました♪』

すると、思いがけず、夫からの返信がすぐに届いた。

『あははは。三歳にして白ひげをたくわえるとは大物だね。そして、この小さなサンタさんこそが、俺たちが受け取ったプレゼント！』

たしかに――。

頬をゆるめたわたしは、パンケーキに夢中になっている小さなサンタをしばらく眺めてから、ふと掃き出し窓の外を見た。

ガラス窓の向こう――、我が家のささやかな庭は、明るい春の日差しで満ちている。

なんだか、穏やかな午後だなぁ……。

わたしは「はあ」と平和なため息をついて、再びスマホの画面に目を遣った。そして、

『ホント、唯一無二のプレゼントだね』

と入力して夫に返信すると、その数秒後に、

『もうすぐ家に着くよ』

とレスが来た。

『えっ、お仕事、もう終わったの？』

もともと得意分野だったITの知識を活かして、二年前にシステムエンジニアへと転身した夫は、今朝、急なトラブルとやらで慌てて現場に急行したのだが――、それにしては、帰りが早い気がする。

わたしは、リビングの壁掛け時計を見た。

時刻はまだ午後二時を回ったところだった。

『うん。終わったよ。慌てて現場に行ったのに、全然たいしたトラブルじゃなかった』

『あらら。帰宅したらパンケーキ、食べる？』

『ううん。俺は大丈夫。それより今すぐ庭を見て』

え――？

「庭？」

と声を洩らしたわたしが、スマホから顔を上げて庭を見た。

すると、ガラス窓の向こうに、にこにこ顔の夫が立っていた。

夫はネクタイをゆるめ、こちらに手招きをしている。

「ほら、凜々、パパが帰ってきたよ。お庭を見てごらん」

「ん？」

夢中になっていたパンケーキから顔を上げた凜々の顔に、パアッと明るい笑みが咲いた。

「パパだぁ！」

フォークを皿の上に置いた凛々を、わたしは、後ろからひょいと持ち上げて椅子から下ろしてやった。

掃き出し窓へと駆け出した凛々が、勢いよくガラス窓を開けた。

「パパ、お帰りなさーい」

「ただいま、凛々」

と、目を細めた夫が凛々を抱き上げると――、

チュ。

口のまわりに豊かな白ひげをたくわえた小さなサンタクロースが、夫の頬にキスをした。

「うわっ」

と、笑いながら声を上げる夫。

頬に生クリームがついた夫を見て、凛々もキャッキャと笑い出す。

その様子に釣られてわたしも「あはは」と笑いながら、テーブルの上に置いてあったミミっち柄のタオルを手にした。そして、掃き出し窓からサンダルを突っかけて庭に出た。

「お帰りなさい。休日出勤は、無駄足になっちゃったの？」

言いながら、凛々と夫の顔についた生クリームを順番に拭き取ってやった。

「まあ、無駄足ってほどじゃないけど、リモートで説明すれば充分だったかなって感じ」

夫が苦笑する。

「パパ、お仕事に行ってたの？」

夫に抱かれた凜々が訊く。

「そうだよ」

「楽しかった？」

「うーん、どうかなぁ……、パパは、凜々と遊んでる方が楽しいかな」

「じゃあ、これから凜々と遊ぶ？」

「うん、いっぱい遊ぼう」

「やったー」

と、無邪気に喜ぶ凜々。

娘に喜ばれてご満悦な夫は、歩くとピコピコ音が鳴るサンダルを凜々に履かせた。そして、手をつないで小さな花壇の前へと連れていった。

「ほら凜々、見てごらん」夫は凜々の隣でしゃがみ込んだ。「だいぶ、お花が咲きそろってきたよ」

「ほんとだぁ。イーチ、ニーイ、サーン……」

凜々が薄紫色の花を指差しながら数えはじめる。

「このお花はね、凜々のお爺ちゃんの代から大事に育ててるんだよ」

ちょっぴり感慨深げに話す夫。

それを聞き流しながら「ハーチ、キューウ」と数え続けていた凜々は、十二まで数えたところで、いきなり「いっぱい！」と両手を上げげた。

「あはは。いっぱい咲いてるよね。でも、これから、もっといっぱい咲くよ」

「うん！」

ほっこりする会話を交わしている父娘の背中を眺めながら、わたしは思わず微笑んでしまう。

「ねえ、凜々、このお花の名前、知ってる？」

言いながらわたしも凜々の横に並んでしゃがんだ。

「えっと……、なんだっけ？」

「紫花菜っていうお花だよ」

「ムラサキ……バナナ……？」

想定外の娘の変換に、夫が吹き出した。

「バナナじゃなくて、ハナナ、ね」

「ハナ？　お花？」

と小首を傾げる凜々。

「花は花だけどね、これは、ハ、ナ、ナっていうの。ム、ラ、サ、キ、ハ、ナ、ナ」

わたしが、優しく、ゆっくり教えてやる。

「ムラサキ、ハナナ？」

「そう。紫花菜。すぐに覚えられて、凜々はすごいなぁ」

夫は嬉しそうに娘の頭を撫でた。そして、続けた。

「この花はね、うちの家族の花なんだよ」

「家族の花？」

「そう。だから、凜々も一緒に大事に育てて、たくさんお花を咲かせようね」

「うん。わかった」

「頼むぞぉ、凜々」

娘の頬を両手で挟むようにした夫は、ふいに「あ、そうだ」とひとりごちて立ち上がった。

「花が咲きはじめた記念に、写真でも撮るか。天気もいいし」

そう言って夫は、いったん家のなかに上がると、大切に使っているライカ製のカメラと三脚を手にして戻ってきた。

「じゃあ、セッティングするからね」

言いながら夫が、三脚にライカをのせて固定する。

そういえば、以前、夫が大切にしているライカの底面を突然リューターで削りはじめて驚いたことがあった。そして、その理由を聞いた瞬間から、わたしもそのライカに愛着が湧いたのだった。

いま、あのライカの底面には六つの文字が並んでいる。
T、A、K、R、H、R。
夫が刻んだのは、最後のHとRの二文字だ。

そして数ヶ月後、夫は再びリューターを手にするだろう。

わたしは少し大きくなってきたお腹をそっとさすりながら凜々に声をかけた。

「パパが写真を撮ってくれるって。凜々、にこにこで写るんだよ」

「うん！」

「よーし、セッティング完了。じゃあ春菜と凜々は、花壇の前の……ちょっと右側あたりに立って」

ライカのファインダーを覗き込みながら夫が指示を出す。

「あー、もうちょっと左かな。うん、あと少し。オッケー。じゃあ、撮るよ。セルフタイマーで撮るからね」

シャッターボタンを押した夫が、足早にこちらに来て凜々をひょいと抱きかかえた。

「凜々、カメラを見ててね」

「うん」

「じゃあ、三人でピース」

わたしが言って、三つのピースがそろったところで、
シャコ。

ライカのシャッターが下りた。

「いい感じに撮れたかな」

言いながら夫は抱えていた凜々をそっと下ろし、カメラの方へと歩き出した。その背中に、
わたしは声をかけた。

「ねえ、建ちゃん」

「ん？」

「今年も、行く？」

「え、どこに？」

と、小首を傾げる夫。

「山の桜が散った頃にさ――」

　すると、夫の目がすうっと優しく細められた。

「うん」

「もし、予定が合えば、だけど――、ババと里奈ちゃん夫妻も一緒に、どうかな？」

「いいね。誘ってみるか」

「誘ってみるかぁ！」

　凜々が夫の真似をして、三人そろって笑い出したとき、パステルブルーの春空に、軽やかなウグイスの歌声が響き渡った。

本書は「小説幻冬」二〇二三年十月号～二〇二四年八月号
に掲載されたものに、加筆・修正したものです。

〈著者紹介〉
森沢明夫　一九六九年、千葉県生まれ。早稲田大学卒業。日韓でベストセラーとなった『虹の岬の喫茶店』は、吉永小百合主演で映画化。高倉健の遺作となった映画「あなたへ」の小説版や、有村架純主演の「夏美のホタル」の原作などもベストセラーに。他にも『大事なことほど小声でささやく』『津軽百年食堂』『癒し屋キリコの約束』『きらきら眼鏡』など、映画・テレビドラマ・コミック化されたヒット作多数。近著に『おいしくて泣くとき』『本が紡いだ五つの奇跡』『ロールキャベツ』『さやかの寿司』など。
X（エックス）：@morisawa_akio
Instagram：@morisawa.a

桜が散っても
2024年12月20日　第1刷発行
2025年 2 月15日　第2刷発行

GENTOSHA

著　者　森沢明夫
発行人　見城 徹
編集人　森下康樹
編集者　山口奈緒子　君和田麻子

発行所　株式会社 幻冬舎
〒151-0051 東京都渋谷区千駄ヶ谷4-9-7
電話：03(5411)6211(編集)
03(5411)6222(営業)
公式HP：https://www.gentosha.co.jp/

印刷・製本所　中央精版印刷株式会社

検印廃止

ISBN978-4-344-04389-3 C0093

この本に関するご意見・ご感想は、
下記アンケートフォームからお寄せください。
https://www.gentosha.co.jp/e/